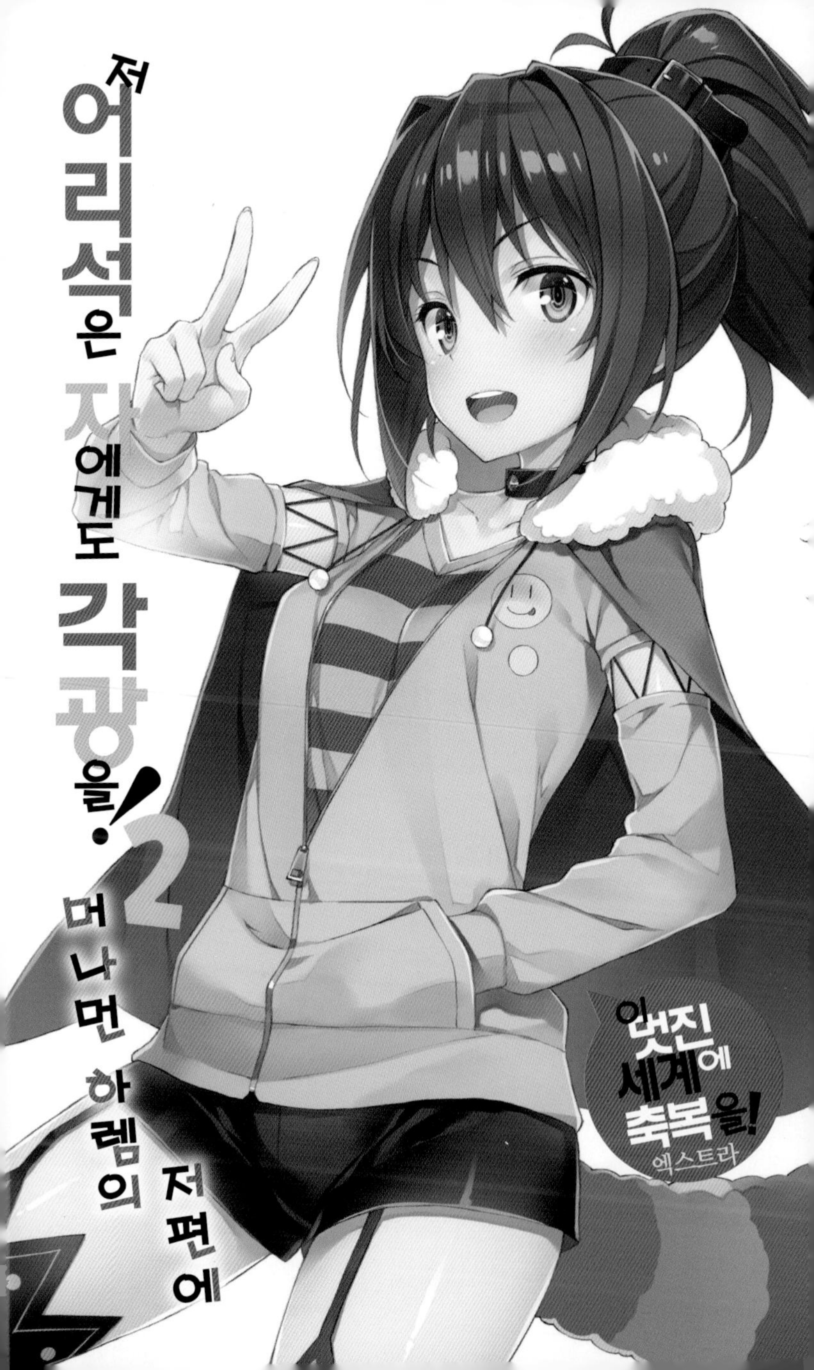
저 어리석은 자에게도 각광을! 2
머나먼 하렘의 저편에
이 멋진 세계에 축복을!
엑스트라

CONTENTS

저 어리석은 자에게도 각광을! 2

멋진 세계에 축복을! 엑스트라

머나먼 하렘의 저편에

멋진
세계에
축복을!
엑스트라

어리석은 자에게도 각광을! 2

머나먼 하렘의 저편에

히루쿠마 지음
유우키 하구레 일러스트
이승원 옮김

Character

프롤로그

온천에서 피어오른 김 너머에서, 볼을 붉힌 채 요염한 한숨을 토하고 있는 여자가 있었다.

나이에 비해 발육이 뛰어난 몸은 수건 한 장으로 완전히 가려지지 않는지, 중요한 부분이 보일락 말락 했다.

"저, 저기, 폐가 안 된다면, 가, 같이 온천을 즐겨도 될까요?"

평소와 다르게 요염한 그 목소리를 들은 순간, 나는 무심코 마른 침을 삼켰다.

모르는 사람 앞에서는 항상 우물쭈물하기만 하며 제대로 대화도 못하는, 홍마족 중에서는 상식적인…… 융융 맞지?

얼굴과 몸매를 보면 틀림없다.

하지만 그녀가 이런 소리를 함부로 입에 담지 않는다는 사실 또한 알고 있다.

평소 같으면 「이런 짓까지 할 정도로 타락한 건가요! 경찰 아저씨~!」라고 외치고도 남았을 것이다.

어, 혹시 그렇고 그런 상황인 거야?

그렇게 판단해도 되는 거지?

밥상이 차려졌으니 맛있게 먹어주는 게 예의겠지?!

나는 마음속의 동요를 감추면서 태연한 어조로 대답했다.

"으, 응. 네가 하고 싶은 대로 해."

제1장 저 여신과의 해후를

1

사방에 물을 흩뿌리며 머리가 여덟 개 달린 거대한 드래 곤이 호수에서 모습을 드러냈다. 저건 바로 거물 현상범인 『카오룽즈 히드라』다.

"거금이 걸려 있는 게 납득이 될 정도로 박력이 넘치는걸!"

그 거대한 몸집을 보고 텐션이 치솟은 내가 동료들에게 동의를 구했지만, 그들은 아연실색한 표정으로 히드라를 쳐 다보고 있었다.

모험가 길드에서 카즈마가 히드라 퇴치 인원을 모집하고 있어서 참가한 건데, 아무래도 이 녀석은 내 상상 이상의 거 물 같았다.

듣자하니 예전에 카즈마 파티가 단독으로 도전했다가 퇴 치에 실패했고 이번에는 다른 모험가들에게 도움을 받기로 한 것 같았다.

카즈마의 모집에 응한 모험가는 우리만이 아니었다. 수십 명에 달하는 모험가가 이 싸움에 참가했다.

모험가는 다들 진지한 표정으로 카즈마의 지시에 귀를 기울이고 있었다.

　"도적들은 강철제 와이어를 챙겼지? 아처들은 갈고리와 로프가 달린 화살을 준비한 후 대기해!"

　도적들과 아처들은 진지한 표정으로 고개를 끄덕였다.

　카즈마가 참가자 전원에게 각자가 해야 할 일을 설명하고 있는 와중에도 「빨리~, 빨리 어떻게 좀 해봐~!」라고 프리스트가 비통하게 외쳐대는 목소리가 들렸지만 일단 무시했다.

　작전의 개요는 다크니스가 미끼가 되어서 카오룽즈 히드라를 유인하고 폭렬걸의 마법으로 한방에 해치워버리는 것이다.

　카즈마는 저 성가신 세 사람과 함께 지금까지 쭉 모험을 해서 그런지 지시가 적절했고 작전 내용도 나쁘지 않았다.

　"카즈마는 전투력이 낮지만, 이런 쪽으로 재능이 있네."

　"감탄이나 할 때가 아니잖아! 키스는 화살을 준비했어?!"

　"그래. 당연하지."

　키스는 로프를 건 화살을 쏠 준비를 하고 있었다.

　"분하지만 나는 다크니스처럼 히드라의 공격을 정통으로 막아낼 만큼 방어력이 뛰어나지 않아. 그러니 후위를 지키는데 전념하겠어!"

　"무리는 하지 마, 테일러! 저런 공격을 맞으면 골로 가는 게 정상이잖아!"

"그래! 명심하지!"

테일러는 키스와 함께 후위가 모여 있는 곳으로 뛰어갔다.

유심히 보니 마법사들 사이에는 안절부절 못하고 있는 융융도 있었다.

이 상황에서도 낯가림이 발동되어서 안절부절 못하고 있는 것 같았다.

전장에서는 도적들이 『바인드』로 히드라의 목에 와이어를 묶었다. 그리고 발사된 화살에 걸린 갈고리 로프를 와이어에 건 다음, 완력에 자신 있는 녀석들이 히드라가 도망가지 못하도록 계속 잡아당기고 있었다.

"어?! 카즈마, 너 뭐하는 거야?!"

다크니스가 공격을 견디는 사이에 히드라의 몸 위에 기어 올라간 카즈마가 그 괴물의 등에 손바닥을 대고 무언가를 하고 있었다.

히드라가 괴로워하는 것처럼 버둥거리는 것을 보면 뭔가 공격을 한 것 같지만…….

그래도 너무 위험한 짓이다. 대담한 구석이 있는 녀석이라고 생각했지만 이런 짓까지 할 줄은 몰랐다.

"앗, 위험해! 꺄아아아앗!"

히드라의 등에서 떨어지는 카즈마를 본 린이 비명을 질렀다.

다행히 카즈마가 지면에 떨어지기 직전에 다크니스가 받아냈다. 하지만 히드라가 두 사람을 깔아뭉개려 하자, 다크니스는 카즈마를 지키기 위해 필사적으로 그 괴물의 체중을 버텨내고 있었다.

자랑거리가 맷집뿐인 다크니스라면, 지원마법이 걸린 지금 상태에서는 히드라에게 깔려도 목숨을 부지할 가능성이 높았다. 하지만 카즈마는 틀림없이 목숨을 잃고 말리라.

"어이, 카즈마 일행만 활약하게 둘 거야?! 자, 사나이라면 죽을힘을 다해 끌어당겨보라고!"

"네가 그딴 소리 안 해도 그럴 작정이었어!"

"우리도 할 때는 한 단 말이다아아아아아앗!"

"여자라고 얕보지 마!"

내가 다크니스의 부담을 조금이라도 줄여주기 위해 모험가들을 자극하자, 주위에 있던 녀석들이 기합을 내지르며 열심히 로프를 당겼다.

히드라는 움직일 수 없는 것 같지만, 모험가들도 카즈마 일행을 구하느라 필사적인 탓에 적극적으로 공격을 펼칠 수 없었다.

……어, 잠깐만 있어봐. 이건 절호의 기회 아냐?

꼼짝도 못하는 히드라를 해치우는 건 나라도 가능하지 않을까?

"저기 좀 봐! 히드라 자식, 꽤 약해진 것 같지 않아?! 게다가 꼼짝도 못하는 것 같잖아! 거물 현상범, 카오룽즈 히드라의 목은 내꺼야! 상금은 히드라의 숨통을 끊은 녀석이 혼자 먹는 거다!! 아무한테도 나눠주지 않을 거라고~!"

　주위에 있던 녀석들을 향해 그렇게 외친 후 로프를 놓고 히드라의 목을 향해 곧장 돌격했다.

　"자, 잠깐만, 너 지금 이런 상황에서 무슨 소리를 하는 거야?! 게다가 꼼짝 못한다고 해도, 목이 묶여서 움직이지 못하는 것뿐이니까, 방심했다간……."

　등 뒤에서 린의 목소리가 들렸지만 지금은 그런 걸 신경 쓸 때가 아니라고…….

　이대로 히드라의 목을 치고 상금과 여자들의 선망에 찬 눈길을 독점해주겠어!

　히드라의 목이 다발을 이루면서 눈앞까지 밀어닥쳤을 때, 나는 어떤 사실을 눈치챘다.

　방금까지 미끼가 되어 공격을 받아내던 다크니스는 현재 카즈마를 감싸고 히드라 밑에 깔려 있었다. 즉, 현재 히드라에게는 공격 대상이 없는 것이다…….

　그 현실을 눈치챈 순간, 날카로운 송곳니가 달린 커다란 입이 눈앞까지 밀어닥쳤다.

　시야가 시꺼멓게 되기 직전—.

　"아앗~! 더스트! 더스트~!!"

　린의 외침이 들린 것 같았다.

"더스트 씨……. 사후의 세계에 어서 오세요. 저는 당신을 새로운 길로 안내할 여신, 에리스라고 해요. 당신의 인생에는 마침표가 찍혔답니다."

눈을 떠보니 새하얀 궁전 같은 장소에 있었다.

그리고 눈앞에 있는 여자가 느닷없이 영문 모를 소리를 늘어놓았다.

고급스러워 보이는 새하얀 날개옷을 입고 은색 머리카락과 잡티 하나 없는 새하얀 피부를 지닌 여자였다.

그녀는 고위 사제가 입을 법한, 꽤 비싸 보이는 법의를 입고 있었다. 그런 법의에 감싸인 가슴 계곡의 볼륨은 상당했다. 하지만 약간 부자연스러운 위화감이 느껴졌다.

언제 어디서나 여자애의 가슴과 엉덩이를 관찰하는 나는 바로 감이 왔다. 아하, 가슴에 패드를 넣었네.

가슴만 개의치 않는다면 초절정 미녀일 이 여자의 푸른 눈동자가 슬픔을 머금은 채 나를 향했다.

성희롱을 했다가 경멸에 찬 시선을 받는 것에는 익숙하지만 이런 시선을 받은 적은 없었다.

"혹시 나한테 반한 거야?"

"느, 느닷없이 무슨 소리를 하는 거죠?!"

"그야 네가 사랑에 빠진 소녀 같은 뜨거운 눈길로 쳐다보니까 물어보는 거야."

"이건 욕심에 눈이 멀어 히드라에게 달려들고 만 당신을 불쌍히 여기는 눈길이에요."

이 여자, 초면인 사람한테 무례한 소리를 늘어놓네.

그러고 보니 아까도 영문 모를 소리를 늘어놓던데, 혹시 종교 권유 같은 거라도 하려는 건가?

이 새하얀 방은 성직자가 좋아할 것 같기는 하네.

"미안하지만, 그런 거에는 흥미 없어. 특히 아쿠시즈교는 사절이야. 딴 사람이나 찾아가라고."

"예? 아, 오해하고 있는 것 같군요. 제 종파는 에리스교이고, 애초에 종교 권유를 하려는 게 아니라……."

"그래? 뭐가 어떻게 된 건지 모르겠는데…… 혹시, 내가 술에 취해서 난동이라도 부린 거야?!"

"저기~, 여보세요? 제 이야기에 귀를 기울여주면 좋겠는데 말이죠."

"딱 봐도 고급스러운 가게잖아. 말도 안 되는 금액을 나한테 요구하려는 건 아니지? 미안하지만, 내 지갑은 텅텅 비었다고. 어차피 손님을 등치면서 돈을 긁어모으고 있잖아? 바가지는 단호하게 사절하겠어!"

아무리 고급 술집이라도 먼지 한 톨 없는 이런 새하얀 방에서 장사를 하지는 않을 것이다.

아무래도 귀족들을 대상으로 한 은밀한 가게에 우연히 들어오고 만 것 같네.

"바가지……. 역시 카즈마 씨의 지인이군요. 쉬운 상대가 아닌 것 같아요."

"응? 카즈마와 아는 사이야? 그럼 잘 됐네. 내 절친한테 달아두라고."

"그러니까, 여기는 술집이 아니에요! 제 이야기에 귀를 기울여 주세요!"

상냥한 어조로 차분하게 이야기를 하던 이 여자가 갑자기 발끈하며 화를 냈다.

어? 이 목소리는 어딘가에서…….

"다시 한 번 설명을 드리겠어요. 더스트 씨……. 사후의 세계에 어서 오세요. 저는 당신을 새로운 길로 안내할 여신, 에리스라고 해요. 당신의 인생에는 마침표가 찍혔답니다."

"어이어이, 자기가 여신 에리스라고 우기는 거냐. 겉보기에는 멀쩡해 보이지만, 너도 카즈마네 그 장기자랑 프리스트와 같은 과구나. 지금은 여신을 자칭하는 게 유행하고 있는 거야?"

"선배와 똑같이 취급하지 말아주세요!"

"선배?"

"아, 아뇨. 실례했어요. 아무튼, 당신은 죽었어요."

태연한 어조로 이런 소리를 늘어놓는 자칭 여신 파트2가 나타났다.

하지만 아쿠아와 달리, 눈앞의 미인 누님의 말에서는 묘하게 설득력이 느껴졌다. 여신을 자처해도 비웃음을 사지 않을 정도로 그럴 듯한 외모와 분위기를 지닌 것이다.

혹시 진짜인 걸까?

"하지만 전혀 실감이 안 난다고."

"죽음을 맞이한 직후에는 다들 혼란에 빠지니까요. 무슨 일이 있었는지, 천천히 떠올려 보세요."

나는 그 상냥한 말을 듣고 무슨 일이 있었는지 떠올려 보았다.

"오늘은 웬일로 아침 일찍 일어났거든. 그래서 길드에 갔어. 한가하지만 돈이 없어서 접수 업무를 보고 있는 루나의 가슴 계곡이나 뚫어져라 쳐다보고 있는데, 경찰에 신고하더라고."

"……아침부터 대체 무슨 짓을 한 거죠?"

"아는 사람을 찾아서 아침밥을 얻어먹을 생각이었는데, 카즈마가……."

어찌된 영문인지 카즈마가 필사적으로 사람을 모으고 있어서 그의 제안에 따라 카오룽즈 히드라 퇴치에 참가하기로 했다.

아무래도 다크니스와 연관된 일 같은데, 이유 같은 건 아무래도 좋다. 난처해 보이는 친구를 돕는 건 당연한 일이라고.

게다가 주머니 사정도 좋지 않았거든.

그리고, 전투 중에······.

"아, 내가 활약 좀 하려던 순간에 그대로 당해버린 거구나! 잘하면 현상금을 독차지 할 수 있었는데, 아쉽네!"

"현상금을 독차지 못한 걸 아쉬워하는 건가요······. 하지만 상황을 이해하기는 한 것 같군요. 당신은 유감스럽게도 짧디 짧은 인생을 마쳤답니다. 액셀 마을에서 악명을 떨치며 많은 사람들에게 폐를 끼치기만 하던 인생이었던 것 같군요."

저런 소리를 늘어놓으면서 미소를 짓고 있으니 왠지 섬뜩하네.

짐작 가는 구석이 너무 많아서 무엇을 콕 집어서 말하고 있는 건지 알 수 없었다.

"뭐, 그런 일도 있기는 했지. 하지만 범죄는 아니었다고."

"엄연한 범죄였어요. 경찰 신세도 몇 번이나 졌잖아요."

"어이어이, 그런 걸 하나하나 기억할 리가 없잖아. 너는 자기가 지금까지 몇 번이나 경찰에게 체포당했는지 일일이 기억해?"

질문에 질문으로 답하자 자칭 여신 파트2가 고개를 숙이고 부들부들 떨었다.

거 봐. 대답 못할 줄 알았다고.

"제로예요! 웬만한 사람들은 경찰 신세를 지지 않는다고요! 그런 인생을 살아왔으니 선행 같은 걸······. 어? 어머?"

그녀는 손에 든 종이를 쳐다보며 허둥댔다. 저기에 뭐가 적혀 있는 거지?

몇 번이나 글자를 읽어본 그녀는 종이와 내 얼굴을 몇 번이나 번갈아 쳐다보았다.

"선행을 쌓았군요. 으음, 액셀 마을에서는 그렇게 사고를 쳐댔으면서 말이에요. 혹시 자료가 잘못된 걸까요. 요즘 지상에 내려가는 일이 잦았으니까, 어쩌면 당황해서 다른 자료를 가지고 온 걸지도 모르겠군요."

그녀는 볼에 손가락을 대고 고개를 갸웃거렸다.

저 종이에는 내가 지금까지 해온 일이 적혀 있는 걸까.

선행이라. 그 시절의 일이라도 적혀 있는 걸까?

"혹시 옛날에 남을 위한 일을 했었나요?"

"글쎄~. 그건 그렇고, 그걸 아는 걸 보면 진짜로 여신인가 보네."

나는 남이 내 옛날 일을 캐묻는 것을 좋아하지 않는다.

지금 처한 상황을 인정하면서 이야기를 돌리기로 할까. 믿고 싶지는 않지만 나는 진짜로 죽은 것 같으니까 말이지.

죽었구나. 실감은 나지 않지만 의외로 허무한걸.

내 인생에는 많은 일이 있었는데, 마지막에 드래곤 아종에게 먹혀서 죽는 것도 내 운명이려나.

최후의 순간까지 드래곤과의 인연을 끊지 못한 것 같네.

냉정하고 차분하게 관찰해보니 눈앞에 있는 여신 에리스

에게서 신성한 기운이 느껴졌다.

"드디어 인정하셨군요. 생각보다 많은 선행을 해온 것 같으니, 죽음을 맞이한 당신은 두 가지 선택지 중 하나를 고를 수 있답니다."

상대방이 설명을 시작했으니 잠자코 들어보기로 할까.

"하나는 인간으로 다시 태어나 새로운 인생을 사는 거랍니다. 이 경우에는 모든 기억을 잃고 말죠."

인간으로 다시 태어난다……. 그 나라에서의 나날도 전부 잊고 새출발을 하는 건가.

린과 동료들은 내가 죽었다는 걸 알고 어떤 반응을 보이고 있을까. ……개운한 표정을 짓고 있다면 짜증날 것 같네.

"다른 하나는 사후의 사람들이 모여 있는 천국에서 유구한 세월을 보내는 거예요."

"거기에는 뭐가 있어? 도박장이나 술집 같은 건 있지?"

"그런 건 없답니다. 혼뿐인 존재이기에 식사나 수면도 필요 없고, 다른 물건도 필요가 없죠."

"몸이 없다면 가슴을 주무르거나 엉덩이를 만지는 음란한 짓도 못한다는 거 아냐?!"

"당연하잖아요! 매일같이 평온한 시간을 보낼 뿐이랍니다."

술과 야한 짓이 존재하지 않는 세계에서 아무것도 하지 않으며 그저 시간을 보내기만 하는 것이다.

……그건 지옥이나 다름없지 않아?

욕구를 만족시킬 수 없는 세계에서 사는 게 뭐가 즐겁냐고. 이래서야 선택지는 하나뿐이라고 해도 과언이 아니잖아.

"서두를 필요는 없답니다. 이제부터 어떻게 할지 정하는 건 정말 중요한—."

《여보세요~. 내 말 들려~? 아쿠아 님께서 소생시켜줄 테니까 빨리 돌아와~.》

어딘가에서 들려온 느긋한 목소리가 여신 에리스의 말을 끊었다.

이건 카즈마네 장기자랑 프리스트의 목소리잖아.

그러고 보니 그 녀석은 죽은 자를 소생시킬 수 있었지!

"오오, 그럼 죽지 않아도 되는구나!"

"하아…… 또 이 패턴인가요. 요즘 들어서 액셀 마을의 모험가는 죽자마자 바로 되살아나는 경우가 정말 많죠. 그래서 그 지역의 사망률이 꽤나 낮아졌답니다. 나쁜 일은 아니지만……. 천계 규정에 따라 한 번의 소생은 인정되죠. 더스트 씨, 현세에 돌아가서도 돼요. 문을 열어드리죠."

여신 에리스는 한숨을 내쉬면서 손가락을 튕겼다.

그러자 눈앞에 느닷없이 새하얀 문이 생겨났다.

"잘은 모르겠지만, 신세졌어. 여신과 만난 기념으로 질문 하나 해도 될까?"

"예. 궁금한 게 뭐죠?"

"그 가슴, 진짜 맞아?"

내가 부자연스러워 보이는 가슴을 손가락으로 가리키자, 여신 에리스는 미소를 짓고 있는 얼굴을 딱딱하게 굳힌 뒤 나를 문 쪽으로 밀었다.

"한동안은 이곳에 오지 마세요. 그때는 소생을 인정해드리지 않을 거니까요."

"하지만 카즈마는 몇 번이나 되살아났다고 자랑을—."

"그럼 후회 없는 여생을 살도록 하세요."

여신 에리스는 그렇게 말한 후 나를 억지로 문에 밀어 넣었다.

3

눈을 떠보니, 엉엉 울고 있는 린의 얼굴이 보였다.

그 뒤편에는 걱정스러운 표정으로 나를 쳐다보고 있는 키스와 테일러도 있었다.

"더스트! 더스트으으으으으! 바보, 걱정했잖아!"

내가 상반신을 일으키자 린이 안겨들었다.

몸에 제대로 힘이 들어가지 않았던 나는 그대로 또 바닥에 쓰러졌다.

뒤통수를 꽤 세게 찍었기에 불평이라도 한 마디 해줄까 했지만, 엉엉 우는 린을 보니 그 말이 쏙 들어갔다.

네가 있으니까…… 아직 죽을 수는 없겠는걸.

"미안해."

나는 그렇게 말하고 린의 머리를 가볍게 쓰다듬어줬다.

린이 이렇게 감정을 드러내면서 우는 모습은 처음 보았다. 진심으로 나를 걱정해주는 것 같았다.

"하아. 아무튼, 되살아나서 다행이야. 몸이 그런 상태가 되어서 걱정했거든."

"그래. 그 모습을 보고 다 틀렸다고 생각하며 포기했지."

키스와 테일러는 흉흉한 말을 입에 담았다.

내 몸을 쳐다보니 허리 부분에 천을 두르기만 했을 뿐 옷을 입고 있지 않았다.

"너희들, 설마 저항할 수 없는 나한테 음흉한 짓을 한 거냐?!"

""그딴 짓을 할 것 같냐!""

"그럼 나는 왜 알몸인 건데?"

"그야 히드라의 위장 안에서 녹아버렸기 때문이지."

"잘 익은 치즈 같았다고."

"……맙소사."

몸이 끈적끈적한 걸로 범벅이 되어 있기는 한데, 설마 이게 히드라의 위액인 걸까.

몸이 완전히 녹아버렸다니…… 상상하지 말아야겠다.

"더스트, 아쿠아 씨에게 고마워 해. 그 사람이 몸을 원상복구해서 소생시키지 않았다면 너는 되살아나지 못했을 거야."

"아, 그랬지. 나중에 인사를 해야겠네."

사후의 세계에서도 아쿠아의 목소리는 들렸다.

이미 죽었던 나를 되살려준 것이다. 정말 고맙기 그지없었다.

지금은 모습이 보이지 않으니까 길드에 돌아가서 제대로 인사를 해야겠다.

4

모험가 길드에 돌아간 나는 그곳에서 입수한 옷으로 반라 상태와 작별했다. 방금까지는 허리에 천만 두르고 있었거든…….

아랫도리가 허전해서 진짜 기분 나빴다니깐.

이야기를 들어보니 아까 전투에서 죽은 사람은 나뿐이고 나도 소생되었으니 실질적으로 희생자는 없다. 그런 거물 현상법 상대로 쾌거를 이뤘다며 길드 직원도 기뻐했다.

"그건 그렇고, 우리만으로도 어찌어찌 히드라를 해치웠네! 뭐, 카즈마네 파티가 없었다면 무리였겠지만."

"그래. 역시 카즈마는 대단해! 히드라 퇴치 보수는 공평하게 나누기로 했지만 카즈마 일행은 좀 더 많이 받아야 돼. 마침 「상금은 히드라의 숨통을 끊은 녀석이 혼자 먹는 거다!」 같은 소리를 한 바보가 있으니까, 그 바보 몫은 너희가 가져."

키스와 린이 카즈마를 칭찬하는 것은 이해한다. 그 말이 사실이기도 하니까 말이다.

그리고 내 몫을 멋대로 남한테 주지 말라는 소리를 하고 싶었지만, 방금 그 말은 엄연한 사실이기에 꿀 먹은 벙어리처럼 찍소리도 못했다.

이번 싸움에서는 전혀 활약을 못했잖아. 유일하게 좋았던 걸 꼽자면 여신 에리스를 만난 것 정도일까.

이걸로 한동안 이야깃거리가 바닥날 걱정은 안 해도 될 것이고 에리스 교도라면 이 이야기에 관심을 보일 게 틀림없다. 잘하면 한몫 잡을 수 있을지도 모른다고.

그것보다 일단 아쿠아부터 찾아볼까. 아직 인사를 못했잖아.

주위를 둘러보자 카즈마 일행이 조금 떨어진 곳에 있었다.

다가가보니 아쿠아는 컵의 물로 테이블에 멋진 그림을 그리고 있었다.

대단하네. 이걸로 먹고 살 수 있는 거 아냐?

"잠깐 나 좀 봐."

"뭐야. 거의 다 그렸으니까, 볼일이 있으면 잠시만 기다려."

생명의 은인이 하는 말이라 순순히 기다렸다. 그러자 테이블 위에 금방이라도 튀어나올 것 같은 히드라 그림이 완성됐다.

물로 그린 그림이라 곧 없어질 거라는 게 아쉬울 정도였다.

"그런데 무슨 일이야? 아, 그것보다, 너는 누구야?"

"네가 소생시킨 데스트라고! 같이 모험을 한 적도 있잖아! 하아. 뭐, 됐어. 아무튼 너 덕분에 살았어. 살려줘서 고마워."

내가 그렇게 말하자 미간을 찌푸린 채 미심쩍은 눈길로 이쪽을 쳐다보던 아쿠아의 표정이 순식간에 바뀌었다.

아쿠아는 환한 미소를 짓더니 팔짱을 끼고 가슴을 쫙 폈다.

그리고 코웃음을 흘린 뒤 뭔가를 호소하는 듯한 눈길로 나를 지그시 쳐다보았다. 혹시 더 칭찬하라는 건가?

"이야, 진짜로 고마워. 설마 죽은 사람을 되살릴 수 있는 프리스트가 이 마을에 있는 줄은 몰랐다고. 전부터 범상치 않은 구석이 있다고 생각했지만, 진짜 상상을 뛰어넘네."

나는 칭찬을 해줬다. 이 정도면 만족했을 것이다.

그렇게 생각하며 다시 쳐다보니 아쿠아는 턱을 까딱이면서 더 칭찬하라는 어필을 하고 있었다.

……뭐, 이 녀석이 나를 되살려줬잖아. 그 정도는 해주자고.

"전부터 대단한 녀석이라고 생각은 했지만, 이 정도인 줄은 몰랐어. 진짜 감탄했다니깐! 너 같은 프리스트는 이 세상 어디에도 없을 거야! 너야말로 대륙 제일의 미인 프리스트라고!"

자, 마음껏 추켜세워졌지? 이 정도면…….

그 시선은 뭐야. 대체 뭘 기대하는 건데? 이 정도면 됐잖아.

"진짜로 고마워. 그럼 가볼게."

내가 뒤돌아서서 돌아가려 한 순간, 아쿠아가 내 옷자락을 움켜잡았다.

내가 머뭇거리며 돌아보자, 아쿠아는 욕망으로 번들거리는 눈길로 나를 올려다보고 있었다.

"이 정도면…… 됐지 않아?"

"아직 멀었어. 부족하단 말이야. 이곳에 온 후로 다들 나를 무시하기만 했거든? 그러니까 좀 더 정확하게 칭찬해줘! 다른 사람들에게도 들리게 큰 목소리로 칭찬하란 말이야!"

위험한 녀석에게 잡히고 말았다. 고맙기는 하지만 더는 성가시기에 손을 떨쳐내고 걸음을 옮겼다. 그러자 아쿠아는 계속 따라오며 칭얼거렸다.

"저기, 나를 좀 더 경애해! 「아쿠아 님, 소생시켜주셔서 감사합니다!」라고 말하란 말이야!"

"이익, 거 되게 귀찮게 구네!"

보호자, 이 녀석의 보호자는 어디 있지?!

다른 녀석들에게 둘러싸여서 술을 퍼마시고 있는 카즈마를…… 발견했다!

"어이, 카즈마! 나를 되살려준 너희 파티의 프리스트가 아까부터 엄청 귀찮게 군다고!"

내 팔을 잡고 한사코 놓지 않는 아쿠아를 어찌어찌 카즈마에게 떠넘긴 후, 나는 그대로 그 자리에서 도망쳤다.

제2장 저 하렘을 향해서

1

던전의 최심부인 장소에 도착했지만 그곳에는 마물이 존재하지 않았고, 그 대신 남자가 혼자 살고 있는 듯한 방이 먼지를 뒤집어쓴 채 존재하고 있었다.

간소한 침대와 테이블, 의자가 있는 방이었다. 책장에는 다양한 책이 꽂혀 있지만 풍화된 탓에 읽을 수가 없었다.

그것들 외에는 네모난 유리 안에 들어있는 용도불명의 물체도 있었다.

안쪽에도 방이 있었지만 그곳은 욕실이었다. 아무래도 이곳은 이 던전을 만든 마법사의 주거공간인 것 같다는 결론에 도달했다.

"허름한 방이네. 고생에 비해 소득이 적은 일이었어."

"너무 그러지 마, 키스. 아직 아무도 건드리지 않은 던전의 탐색을 맡은 것만으로도 충분히 운이 좋은 거라고."

테일러가 푸념을 늘어놓는 키스를 달랬다.

키스는 검은 머리카락과 검은 눈동자를 지닌 청년이다. 호리호리하고 앞 머리카락으로 한쪽 눈을 가린 모습은 꽤 봐 줄만 하지만, 이성에게 인기가 있는 모습은 본 적이 없다.

아처로서의 실력도 나쁘지는 않으나 여자 버릇과 술버릇이 나쁘고 꽤 경박한 게 문제였다.

파티 안에서 나와 가장 죽이 맞고 자주 같이 술을 마시러 간다.

테일러는 체격과 성격이 키스와 정반대이며 키도 크고 몸도 듬직하다. 성실하고 융통성이라고는 눈곱만큼도 없는 크루세이더다.

"몸이 아직 좋지 않아서 괜히 더 피곤한 것 같아. 하아, 술이나 마시며 늘어져서 지내고 싶네."

히드라에게 잡아먹힌 후로 몸에서 계속 위화감이 느껴졌다.

치유된 몸에 아직 익숙해지지 않은 느낌도 드는데……

"푸념을 늘어놓을 시간이 있으면 빨리 일어나 해. 던전을 만들 정도의 마법사라면 보물을 어딘가에 숨겨뒀을지도 모르잖아."

의기소침한 나와 키스를 향해 그렇게 말한 사람은 우리 파티의 홍일점 위저드인 린이었다.

붉은 머리카락을 머리 뒤로 모아서 묶었으며 얼굴에도 아직 앳된 느낌이 남아있다. 하지만 저 외모에 속으면 안 된다. 성격은 꽤나 엄격한 편이다. 특히 나에게는……

"그러는 너도 팔짱 끼고 구경만 하지 말고 좀 도와."

"알았다, 알았어. 하면 될 거 아냐."

봤지? 엄청 드세다고.

전사인 내가 뒤져서 뭔가 나올 리 없다고 생각하지만 찾는 시늉이라도 할까. 나중에 잔소리를 듣고 싶지는 않으니까 말이지.

"이 주변이~, 수상한데 말이야~."

내가 약간 빛바랜 벽을 톡톡 두드리자 찰칵 하는 묘한 소리가 들렸다.

으응? ……식은땀이 등을 타고 흘러내렸다.

"방금, 이상한 소리가 들리지 않았어?"

그 소리는 꽤 컸는지 동료들 전원이 이쪽을 쳐다보고 있었다.

혹시 나 때문인 거야?! 이거, 진짜로 큰일 난 거 아냐?!

"나, 나는 아무 짓도 안 했어! 무슨 일이 일어나더라도, 그건 내 탓이 아냐. 이건 운명의 장난……. 어, 우와아앗?!"

내가 손으로 짚고 있던 벽이 옆으로 미끄러졌고 그 벽에 체중을 싣고 있던 나는 그대로 옆으로 쓰러졌다.

"아야야야얏! 젠장, 뭐가 어떻게 된 거야?"

머리를 문지르면서 몸을 일으켜보니 아까까지 벽이 있던 장소에 처음 보는 공간이 펼쳐져 있었다. 방금까지 있었던 방보다 큰 그곳은, 천장도 높고 널찍했다.

좌우의 벽에 문이 하나씩 있을 뿐 그 외에는 아무것도 없었다.

"천장의 마도구 때문에 내부가 훤한 걸까?"

"그런 것 같네. 더스트, 잘했어! 숨겨진 방을 찾아냈잖아!"

린이 내 등을 세게 때린 바람에 사래가 들릴 뻔 했다.

"너는 힘 조절이라는 걸 모르는 거냐?! 그건 그렇고, 여기는 뭐하는 방이지? 숨겨진 방에는 보통 보물이 있는 법인데…… 여기는 문 두 개밖에 없잖아."

"저 두 문 중 어딘가에 보물이 있는 걸까, 아니면 양쪽 전부에 보물이 있는 걸까? 이렇게 숨겨진 방을 만들어놓고 아무것도 없을 리야 없지. 돈이 될 만한 게 있으면 좋겠네. 일단 오른쪽부터 조사해보자."

키스가 오른쪽 문으로 다가가더니 손잡이를 향해 손을 뻗었다.

"조심해, 키스. 역시 도적을 고용할걸 그랬어. 길드 측의 사전 정보에 따르면 마물이 살고 있기는 해도 함정은 없다고 했지만 말이야."

"이제 와서 그런 소리를 해봤자 소용없잖아. 지금까지 함정에 걸리지 않았으니 괜찮을 거야. 그럼 나는 왼쪽을 고르겠어. 아, 이 숨겨진 방을 찾아낸 건 내 공적이라고! 그 점은 확실해 해둬! 보물이 나오면 내 몫을 늘려달라고!"

"그럼 마물이 나온다면 더스트가 혼자 독점해줄 거지?"

"……역시 동료들끼리 공평하게 나누는 편이 좋을 것 같아."

나는 어른스럽게 양식 있는 판단을 내리기로 했다.

키스와 테일러는 오른쪽 문을 맡았고 나와 린은 왼쪽 문을 열어보기로 했다.

린은 내 등 뒤에 숨었지만 그냥 내버려둘까.

"좋아. 이제 몸이 갈기갈기 찢길 정도의 폭발이 발생해도, 무시무시한 독가스가 뿜어져 나와도, 화살비가 쏟아져도, 몸이 녹여버릴 만큼 강한 산이 뿜어져 나와도, 나는 괜찮아. 그럼 빨리 열어."

"뭐가 괜찮다는 건데?! 그런 무시무시한 소리 좀 하지 말라고! 그리고 폭발의 위력이 강하면, 너도 저세상 길동무가 될 거란 말이다!"

"그런 재수 없는 소리 하지 마. 너와 같이 죽는 걸 상상만 해도 소름이 돋거든?"

"에이, 부끄러워하지 말라고."

실은 나와 함께 죽으면 기뻐할 거잖아.

내가 그렇게 생각하고 린을 쳐다보니 그녀는 불쾌해 죽겠다는 표정을 짓고 있었다.

"부끄러워하는 게 아냐. 그리고 나는 천국에 가겠지만, 너는 지옥에 갈 거잖아? 애초에 행선지 자체가 다르거든?"

"흥, 유감이지만 나는 천국행으로 확정되어 있다고. 에리스 님께서 나에게 직접 그렇게 말씀하셨지."

"히드라에게 먹혔을 때 만난 거지? 그 이야기라면 이미 몇 번이나 들었거든? 거짓말을 할 거면 좀 제대로 된 거짓말을 하는 게 어때?"

"거짓말 아냐! 왜 다들 내 말을 믿지 않는 거냐고! 진짜로 에리스 님을 만나서 이야기를 나눴거든?! 뭐, 가슴 쪽은 뽕이라도 넣은 것처럼 부자연스러웠지만······."

"그거 참 대단하시군요~. 참 잘 됐네~. 신한테 그런 불경한 소리를 하면 천벌을 받을 거야. 자, 빨리 문이나 열어. 테일러와 키스는 이미 저쪽 방을 조사하고 있는 것 같아."

린이 손가락으로 가리킨 곳을 쳐다보니 테일러와 키스는 문 너머로 간 건지 활짝 열린 문만 보였다.

헛소리는 그만 하고 빨리 문이나 열어야겠군.

나는 신중하게 손잡이를 돌렸고, 함정이 작동되지는 않았다.

문을 살며시 밀어서 열고 문 너머를 살펴보았다.

"어두워서 아무것도 안 보이네. 랜턴 좀 줘봐."

"응, 알았어. 받아."

나는 린이 건네준 랜턴을 들고 방 안으로 한 걸음 내디뎠다. 그 순간 머리 위에서 눈부신 빛이 쏟아졌다.

"뭐야, 함정이야?! 린!"

나는 반사적으로 린을 꼭 끌어안듯 감쌌다.

그대로 충격이나 고통이 밀려오는 것을 각오했지만 아프지도 가렵지도 않았다.

"저기, 언제까지 끌어안고 있을 건데? 대낮에 이렇게 대놓고 성희롱을 하다니, 참 용기 있네."

내 가슴 쪽에서 가라앉은 목소리가 들려왔다.

분노라는 감정을 억누르고 있는 듯한, 그런 무시무시한 목소리였다.

"아, 미안해. 꼭 끌어안으면서 가슴의 감촉을 즐길 생각이 었는데, 탄력이 거의 느껴지지 않아서 실망한 건 아니라고."

"좋아. 거기 좀 앉아봐. 내가 네 뼈까지 잿더미로 만들어줄게."

"어이! 농담 좀 했을 뿐이잖아! 주문 영창을 멈춰! 그, 그리고 지금은 이럴 때가 아니잖아. 불이 켜져서 주위가 이제 보인다고."

린은 치켜든 지팡이를 슬며시 내리더니 인상을 쓴 채 주위를 둘러보았다.

어찌어찌 이야기는 돌렸고 나도 실내를 관찰하도록 할까.

벽 쪽에 동그란 구슬이 아무렇게나 놓여 있는데 저건 대체 뭐지?

손바닥에 쏙 들어올 크기의 동그란 구슬이었다. 만져보니 표면이 매끌매끌했다.

위쪽에 약간 볼록한 부분이 있어서 눌러보니 찰칵 하는 소리만 날 뿐 딱히 변화는 없었다.

"뭐야. 재미없네."

나는 그 구슬에서 흥미를 잃었기에 발치를 향해 내던졌다.

그리고 다시 실내를 둘러보자 내가 때때로 이용하는 여관의 방보다 커 보였다.

　정면의 벽 쪽에는 책장이 줄지어 놓여 있었고 책 또한 빽빽하게 꽂혀 있었다.

　"멋진 책장이네. 아까 전의 방에 있던 책과는 다르게 보존 상태도 좋아 보여."

　옆 표지에 문자가 적혀 있지만 읽을 수가 없었다.

　처음 보는 문자였다.

　"이게 어느 나라 말이지? 그리고 문자를 화려한 색깔로 적어뒀네. ……어디 한 번 읽어볼까."

　나는 책 한 권을 뽑아서 대충 넘겨봤다.

　"이, 이건 어마어마한 보물이야!"

　눈에 들어온 책의 페이지를 본 순간, 나는 이해했다.

　이것은 엄청난 보물이 틀림없어!

　"이, 이, 이, 이, 이게 뭐야?!"

　린이 옆에서 고함을 질렀지만 나는 그 목소리가 귀에 들어오지 않을 만큼 열중해서 책을 읽었다.

　이 책은 글자가 적은 대신 그림이 많았다. 문자는 그림 속 캐릭터의 대사를 표현하고 있었으나, 그림이 살아 움직이는 것처럼 느껴지고 있기에 문자를 안 봐도 뭘 하고 있는지 이해할 수 있었다.

　처음 보는 옷을 입은 여자가 방 안에 잔뜩 있었다. 전원이 같은 옷을 입고 있는 것을 보면 어딘가의 제복 같아 보였다.

그런데 하나같이 야한 복장을 하고 있었다. 치마 또한 엄청 짧았다.

다음 페이지로 넘어가 보았다.

이번에는 한 여자가 침대가 있는 방에서 연상으로 보이는 남자에게 구애를 받고 있었다. 그리고 그 남자는 씨익 웃으면서 여자의 치마를 향해 손을 뻗더니─.

"이것도, 이것도, 이것도! 왜 전부 야한 내용의 그림뿐인 거야?!"

비명에 가까운 고함 소리를 듣고 고개를 들자 얼굴을 새빨갛게 붉힌 린이 허둥대고 있었다.

린이 내던진 책이 그녀의 발치에 몇 권 떨어져 있었는데 하나같이 표지가 야했다.

내가 들고 있는 책의 페이지를 넘겨보니 본격적인 정사 장면도 실려 있었다.

정말 에로틱함에 정열을 쏟아 부은 그림이네. ……끝내주는걸.

세밀한 그림도 놀랍지만 표지 또한 울퉁불퉁하지 않고 매끈했다. 평범한 책과는 감촉이 달랐다. 이거, 진짜로 엄청난 보물 아냐?

"야, 함부로 다루지 말라고. 이건 인류의 보물이란 말이야."

"뭐가 보물이라는 거야! 그냥 야한 내용의 그림일 뿐이잖아!"

"이 바보야. 이렇게 예쁜 그림으로 남자의 망상을 구현해 주는 책이라면 비싸게 팔 수 있을 거라고! 문자는 알아볼 수 없지만, 뭘 하는지는 알 수 있으니까 말이지."

"으, 으으으! 변태!"

린은 씩씩거리면서 고개를 휙 돌렸다.

여자들은 이 가치를 이해하지 못하는 것 같았다. 이거야 말로 최고의 예술작품인데 말이다.

"나는 이 보물을 좀 더 조사해보겠어. 린은 키스 일행과 합류하거나 쉬고 있어."

"그럴게. ……전투를 치르느라 마력이 바닥났으니까, 좀 쉴래."

방해꾼이 방에서 나갔으니 이 책의 내용을 음미해볼까.

서큐버스 가게에서 보여주는 꿈도 끝내주지만 이 책에는 내가 상상조차 해보지 않은 장면과 행위가 담겨 있었다.

이것을 로리 서큐버스에게 보여준다면 그 녀석이 보여주는 꿈의 내용 또한 업그레이드될 거야. 몇 권 챙겨서 돌아갈까.

차분하게 읽기에는 시간이 부족해서 대충 훑어보며 확인하던 나는, 책의 내용이 특정 성향으로 편중되어 있다는 사실을 눈치챘다.

"남자가 여자한테 당하는 장면이 많은 것 같네?"

평범한 작품도 있지만 왠지 남성이 여성에게 능욕을 당하는 작품이 많았다.

내용이 반대였다면 다크니스가 좋아 죽으려 하면서 사줄 것 같은데 말이다.

입구 쪽의 책장에는 야한 작품이 많았으나 다른 책장에는 야한 요소가 없는 그림이 실린 책도 잔뜩 있었다.

각양각색의 책이 갖춰져 있는 걸까. 훈훈한 그림체로 그린 애들이 많이 나오는 이 작품이라면 린의 취향에도 맞을 것 같았다. 나중에 건네줄까.

일단, 엄선한 에로 작품을 배낭에 넣어서 가져가기로 했다. 이런 건 방에서 차분하게 읽는 게 좋을 것이다. 양이 많으니 다른 녀석들에게도 옮기는 걸 도와달라고 해야겠다.

맞아, 다른 방에 간 녀석들은 어쩌고 있을까?

책이 가득 들어있는 배낭을 짊어지고 방에서 나가자 다른 방 앞에 멍하니 서있는 두 사람의 모습이 눈에 들어왔다.

"왜 그래? 아무것도 없었던 거야?"

"아, 더스트구나……. 이제 돌아가자."

"그래. 하아, 더는 이곳에 있을 필요가 없어."

키스는 언제나 의욕이 없지만 테일러까지 이런 소리를 하는 건 꽤 의외였다.

저 문 너머에 아무것도 없어서 의기소침한 걸까?

"너무 기죽지 마. 이쪽에는 보물이 잔뜩 있더라고. 이걸 가지고 돌아가면, 분명 비싼 값에 팔 수 있을 거야."

내가 그렇게 말하고 가장 괜찮게 느껴진 책을 펼쳐서 두 사람에게 보여줬다.

천장을 향하고 있던 두 사람의 시선이 책을 향했지만……
별다른 반응을 보이지 않았다.

"하아~."

"휴우~."

이렇게 야한 그림을 보고 한숨을 내쉬었어?!

"어이, 너희 둘 다 대체 무슨 일이 있었던 거야?! 이 그림
을 보고 어떻게 그런 반응을 보일 수 있냐고! 아무리 피곤
해도 몸의 일부분이 건강해져야 정상이잖아! 내 롱소드는
이미 원기 왕성해졌단 말이다!"

"아~. 뭐, 야하긴 하네."

"그래. 외설적이군."

왜 이렇게 미적지근한 반응을 보이는 거지.

남자라면 환희에 젖으며 기뻐할 상황이잖아. 극도로 지쳤
더라도 남자라면 이런 반응을 보일 리가 없어.

특히 키스는 에로와 욕망 덩어리 같은 녀석이잖아. 그런데
왜 기뻐하지 않는 거냐고…….

"왜, 왜 그래? 나 몰래 이상한 거라도 먹은 거야? 화 안
낼 테니까 솔직하게 이야기해봐."

"더스트. 두 사람 다 피곤한 것뿐일 거야. 전투도 격렬했
잖아. 그럼 이제 볼 것도 없어 보이니까, 그만 돌아가자."

린이 끼어들면서 그렇게 말하자, 키스와 테일러는 패기가

느껴지지 않는 목소리로 「그래」라고 대답했다.

진짜로 상태가 이상해 보였다. 뭐, 일단 이 녀석들의 배낭에도 책을 최대한 넣어볼까.

서둘러 돌아가는 와중에도 두 사람은 딱히 피곤하지 않은 것처럼 걸음을 옮겼지만 그래도 「지쳤어」, 「노곤해」 같은 말만 연달아 입에 담았다.

2

다음날, 모험가 길드에 간 내가 평소와 같은 자리에서 밥을 먹고 있을 때, 린이 고개를 푹 숙인 채 터벅터벅 이쪽을 향해 걸어오는 모습이 눈에 들어왔다.

"표정 한 번 되게 나쁘네. 혹시 그날이야?"

"너, 섬세함이라는 말 같은 건 모르지? 그런 게 아냐. 키스와 테일러가 컨디션이 안 좋다면서 한동안 쉬겠대."

린은 내 맞은편에 앉더니 한숨을 내쉬고 점원에게 주문을 했다.

"그 녀석들, 아직도 기운을 못 차린 거야? 내 추천 도서를 몇 권이나 나눠줬는데……. 설마 내가 준 책 때문에 꼼짝도 못하게 된 거 아냐?!"

서큐버스의 꿈보다는 못하지만 우리는 매일같이 그곳을 이용할 수 있을 만큼 주머니 사정이 좋지 않다.

언제나 손쉽게 욕망을 만족시킬 수 있는 그 책이야말로 남자에게 있어 더없이 소중한 보물인 것이다.

카즈마에게 한 권 나눠줬더니—.

"이건 일본의 에로 만화잖아! 어이, 이걸 어디서 손에 넣었어?! 의붓누나나 의붓여동생과 러브러브하는 작품은 없는 거야?!"

—같은 소리를 늘어놓으며 기뻐 죽으려고 했지.

"그래. 키스와 테일러도 자가발전에 너무 힘쓴 바람에 에너지가 완전히 바닥나버린 거구나."

"그런 게 아냐! 두 사람 다 며칠 동안은 꼼짝도 하기 싫대. 몸의 피로가 풀리지 않는다는 것 같아."

"거 되게 약해빠졌네. 나는 이렇게 기운이 넘치는데 말이야."

"네가 이상한 거야. ……라고 말하고 싶지만, 나도 멀쩡하잖아."

그 두 사람만 이상한 병에 걸린 걸까.

그냥 피곤할 뿐이라면 좋겠지만 말이다. 나중에 맛있는 거라도 사다줘야겠다.

"뭐, 어쩔 수 없지. 그럼 우리도 한동안 일을 못하겠네."

"말도 안 되는 소리 하지 마. 혹시 잊은 거야? 모레, 의뢰가 잡혀 있잖아. 마을 주위에 고블린이 나타난 바람에 발생한, 마을로 돌아가는 사람들의 호위 및 고블린 토벌 의뢰 말이야. 짭짤한 의뢰를 맡았다며 좋아했던 걸 벌써 잊었어?"

"맞다. 그런 의뢰를 맡았었지."

날짜가 정해져 있고 네 명 가량의 모험가를 모집하고 있었기에 우리는 바로 지원했다.

어제 일은 이 인근에서 수행하는 의뢰라서 맡았지만 실은 이쪽 의뢰가 더 중요한 것이다.

"······어떻게 하지?"

"어떻게 하긴 뭘 어떻게 해. 임시 멤버를 모집할 수밖에 없어. 네 명 몫의 의뢰비도 선불로 이미 받았잖아."

"모집을 하더라도, 전례가 그다지 좋지 않았는데 말이지."

일전에 나를 대신하기 위해 임시로 고용한 남자는 범죄자 집단의 일원이었으며 그 바람에 우리 파티는 위험한 상황에 처할 뻔 했다.

그때는 내 기지와 판단력으로 위기에서 벗어났지만 또 그런 녀석과 얽힐 가능성이 존재하는 것이다.

"그런 일이 또 벌어지지는 않을 거야. 길드도 그때 이후로 신입 모험가나 외부 모험가에게는 주의를 기울이는 것 같거든."

"뭐, 연이어 벌어지지는 않겠지. 일단 수상쩍은 녀석은 사양하는 조건으로 모집을 해보자."

"응, 알았어. 그럼 루나 씨와 상의해볼게."

린이 카운터를 청소하고 있던 루나에게 뛰어가더니 임시 멤버 모집 신청을 했다.

게시판에 종이를 붙인 후 누군가가 찾아올 때까지 기다리기만 하면 되려나.

하다못해 한 명, 아니, 두 명은 필수다. 직업은 도적이나 전사가 최적이려나. 원거리 공격이 가능한 녀석이 한 명 더 있는 것도 괜찮겠지.

뭐, 우리는 액셀 마을에서 꽤 잘 알려진 모험가잖아. 지원자가 넘쳐나서 난처한 상황에 처할 거야. 틀림없다고!

3

"아무도 안 오네……."

"그러게……."

창가의 특등석에 앉아서 임시 멤버 모집 종이를 테이블 가장자리에 붙여뒀지만 아무도 찾아오지 않았다.

게시판에 붙인 모집 용지를 보고 우리를 힐끔힐끔 쳐다보는 녀석은 꽤 있었으나 인상을 쓰기만 할 뿐 우리에게 다가오지 않았다.

아침부터 지원자를 기다리고 있었는데, 한 명도 오지 않은 상태에서 점심때가 다 되어갔다.

조금 떨어진 자리에 앉아있던 융융이라는 이름의 홍마족 소녀가 메뉴로 얼굴을 가린 채 뭔가 할 말이 있는 듯 이쪽을 쳐다보고 있었지만, 지금은 할일이 있으니 그냥 내버려두자.

여전히 외톨이인 그녀는 혼자서 잘 놀고 있는 것 같았다.

"역시 더스트 같은 양아치가 있는 파티에는 아무도 들어가고 싶어 하지 않나 보네."

린은 자신의 옆자리에 앉은 나를 도끼눈으로 노려보면서 그렇게 말했다.

그래? 그딴 소리를 한다면 나도 할 말이 있다고.

"어이어이. 내 탓으로 돌리기 전에 너도 좀 남자들이 좋아할 만한 복장을 해보는 게 어때? 노출도가 바닥을 치는 걸로 모자라 서비스 정신도 없는 여자가 있는 게 문제인 거 아냐? 어깨를 드러낸다거나 가슴 계곡이 훤히 드러나는 옷이라도 입어봐. 이래서야 모험 도중의 돌발 가슴 노출 시추에이션 같은 걸 기대할 수도 없잖아. 대체 왜 그렇게 어린애 같은 복장을 하고 다니는 건데? 색기라는 말을 알기는 하냐?"

"거 되게 시끄럽네. 나는 이 옷차림이 마음에 들거든? 네가 성희롱이나 쓸데없는 문제 같은 걸 일으키니까 아무도 지원하지 않는 거야! 책임져!"

"죄송합니다~ 하고 사과할 줄 알았냐?! 얼마 안 되는 색기를 쥐어짜내며 이성한테 꼬리쳐봐! 너의 그 빈약한 가슴도 일부 남성들 사이에서는 수요가 있을 거라고!"

나는 저번에 그런 일부 마니악한 집단과 얽혀서 성가신 일에 휘말린 적이 있다.

"용서 못해. 이 지팡이를 네 입에 집어넣고 마법을 확 갈겨버릴 거야!"

"그렇게 잔혹한 발상은 잘도 하네! 용서 못하는 사람은 바로 나야. 밖으로 따라 나와. 나의 위대함을 네 몸에 똑똑히 새겨주겠어!"

우리가 벌떡 일어선 순간, 근처에서 여자애의 「앗」 하는 목소리가 들려왔지만 나는 무시하고 길드 밖으로 나갔다.

밖에 나간 내가 팔짱을 끼고 한동안 기다리자 잠시 후에 린이 밖으로 나왔다.

"오늘이야말로 상하관계라는 것을 너의 그 빈약한 몸에 똑똑히—"

"『라이트닝』!!"

"우와앗?! 인마, 다짜고짜 마법을 날리지 말라고! 밖으로 나오기 전에 영창을 마쳐둔 거냐?!"

"쳇, 매번 이 작전에 걸려들더니 이번에는 피했네."

"진짜 난폭한 여자라니깐. 하지만 나한테는 이제 빈틈이 없어. 자, 어떻게 해줄까? 우선 홀랑 벗겨서, 여자로 태어난 걸 후회하게 만들어주지!"

나는 두 손을 어깨 높이로 들어 올린 후 손가락을 꼼지락 거렸다.

이제 주문을 영창하게 둘 생각은 없다. 즉, 일방적인 유린이 시작되는 것이다. 각오하라고.

"적당히 하세요! 더스트 씨. 린 양. 다른 분들에게 방해되니까, 이런 짓은 딴 곳에 가서 하세요."

내가 공격을 펼치려던 순간, 관자놀이에 혈관이 불거진 상태에서 미소를 짓고 있는 루나가 참견을 했다.

4

가게 앞에 팔다 남은 테이블과 의자를 둔 후, 모집이라고 적힌 종이를 테이블 가장자리에 붙였다.

길을 가는 사람들이 이쪽을 쳐다봤지만 다들 신기하다는 듯이 쳐다보기만 할 뿐 말을 거는 이는 없었다.

때때로 어린애가 신기하다는 듯이 이쪽으로 뛰어오려 했으나 모친이 허둥지둥 말렸다.

"뭐하는 거니? 수상한 사람에게 다가가면 안 된다고 몇 번이나 말했잖아?"

"엄마, 저 사람들은 왜 이런 곳에 의자를 가져다두고 앉아있는 거야?"

"어른에게는 그럴 수밖에 없는 사정이 있단다. 그냥 못 본 척 하렴."

모친이 상냥한 눈길로 나를 쳐다본 후 아이를 데리고 돌아갔다.

"저기……. 이런 짓이 의미가 있을까?"

부끄러운지 내 옆에 앉아서 고개를 푹 숙이고 있던 린이 불쑥 그렇게 중얼거렸다.

"어쩔 수 없잖아. 길드에서 모집을 못하게 된 마당에, 이곳 말고는 사람들의 왕래가 많은 장소가 떠오르지 않았단 말이야."

"아무리 그래도……."

길드에서 고함을 질러댄 걸로 모자라 앞마당에서 싸움까지 벌인 바람에, 우리는 길드 내부와 주변에서의 멤버 모집을 못하게 됐다.

그래서 어쩔 수 없이 대로변인 이곳에서 모집을 하기로 한 것이다. 길드의 게시판에도 이곳에서 면접을 본다고 적어뒀다.

"나도 이렇게 장사 안 되는 가게 앞에서 멤버 모집 같은 건 하고 싶지 않지만, 어쩔 수 없다고."

"그럼 빨리 꺼져! 왜 너란 녀석은 매일같이 내 장사를 방해하기만 하는 거냐!"

고함 소리를 듣고 고개를 돌려보니 이 잡화점의 주인인 아저씨가 나를 내려다보고 있었다.

손님이 없는 것으로 유명하면서 이런 사소한 일로 불평을 늘어놓지 말라고…….

"장사를 방해해? 무슨 소리를 하는 거야. 여기서 우리가 파티 멤버를 모집하면, 흥미를 가진 모험가가 이곳으로 쇄도하겠지? 그리고 면접을 하려고 대기 중인 녀석들이 심심풀이 삼아 이 잡화점의 물건을 둘러보다 살……지도 모르잖아."

"그딴 일은 안 벌어져. 그리고 기왕 그런 소리를 할 거면 끝까지 뻔뻔하게 우기란 말이다. 주위를 둘러봐. 아무도 다가오려고 안 하잖아."

"……이 마을의 주민들은 부끄러움을 많이 타나 보네."

"그런 게 아니거든? 가게 앞에서 수상한 모집 같은 걸 하는 녀석에게 다가가는 인간이 있다면, 오히려 놀라울 거라고. 린도 고생이 많네. 본능에 따라 사는 녀석을 돌봐야 하니까 말이야."

"아하하. 돈 씀씀이가 헤프고, 여자 엉덩이만 쫓아다니는 데다, 툭하면 문제를 일으켜도 일단은 동료니까요."

"저기, 험담은 당사자가 없는 데서 해주면 안 될까……."

아저씨는 어깨를 으쓱하더니 가게 안으로 들어갔다.

린은 이 상황에 약간 적응한 것인지 고개를 들어서 하늘을 쳐다보았다.

나도 머리 위를 쳐다보니 으깨진 생선처럼 생긴 구름이 하늘에 떠있었다.

"한적하네."

"모레 의뢰를 해야 하는 것만 아니면, 그냥 멍하니 지내는 것도 나쁘지 않을 지경이야."

"그래. 이대로 아무도 찾아오지 않는다면, 카즈마 녀석들한테 부탁해보자. 어차피 한가할 테니까."

"그럴까? 요즘은 다크니스가 얽힌 일로 바쁜 것 같아 보였어. 소문을 듣자하니, 마왕군 간부 토벌을 인정받아서 왕도로 초청을 받았대."

"캬~. 카즈마도 출세했는걸."

"부럽지 않아? 너도 활약을 했다면 아이리스 공주님을 알현할 수 있을지도 모르잖아."

린이 팔꿈치로 내 옆구리를 콕콕 찌르면서 그렇게 말했다.

나를 놀리려고 이런 소리를 한다는 건 알지만 그래도 공주님이라는 단어를 듣고 동요할 뻔 했다.

"딱히 흥미 없어. 왕이나 귀족들에게 둘러싸이는 걸 상상하기만 해도 소름이 돋거든."

그때 일을 떠올리니 말로 형용할 수 없는 기분에 사로잡혔다.

공주님, 이라…….

그 분을 닮은 린이 공주님이라는 말을 입에 담자 나는 아이러니한 기분을 맛봤다.

"진심으로 하는 소리야~? 너라면 그런 거에 환장할 거라고 생각했는데."

"미안이지만, 나는 돈이나 여자에는 흥미가 있어도 권력에는—."

"어, 더스트 씨. 이런데서 뭐하는 거예요? 새로운 흉계라도 꾸미는 거예요?"

이 목소리, 그 녀석이네.

고개를 돌려보니 수수한 옷을 입은 로리 서큐버스가 눈에 들어왔다.

오늘은 노출도가 낮고 차분한 복장을 하고 있었다.

아무래도 마을 안을 돌아다닐 때는 가게 안에서 입는 노출도가 어마어마한 그 속옷 같은 복장을 하지 않는 것 같았다.

하긴, 그 복장으로 돌아다녔다간 경찰한테 잡혀갈 테니까 말이야.

"요즘 가게에 얼굴을 비추지 않던데, 또 돈이 바닥난 거예요?"

"어이, 멍청아!"

린 앞에서 서큐버스 가게 이야기를 하지 말라고!

남자의 욕망을 충족시켜주는 그 꿈같은 가게에 관한 건 남성 모험가들만의 비밀이란 말이야.

"아, 전에 우리를 구해줬던 애지? 오랜만이야~. 그런데 방금 말한 가게는 뭐야?"

"저기, 안녕하세요. 으음, 그게 말이죠. 그 가게라는 건, 그러니까…… 절대 수상한 가게가 아니라……."

도움을 청하는 눈길로 나를 쳐다보지 말라고.

로리 서큐버스는 이런 돌발적인 사태가 벌어지면 아무것도 못한다니깐.

행동거지가 수상쩍기 그지없다고…….

"그 녀석, 낯가림이 심해서 모르는 사람과 이야기를 잘 나누지 못해. 가게라는 건 내 단골 카페야. 유니폼이 좀 야해서 내가 자주 가거든."

"아, 그렇구나. 아무리 일이라고 해도 이 녀석을 상대하느라 고생이 많겠네."

"그렇지도 않아요. 곤란할 때 도와주기도 하거든요. 문제가 많은 분이지만, 믿음직한 구석도…… 있기는 할걸요?"

"흐음~, 더스트가 말이지……."

로리 서큐버스는 일전에 도움을 받았던 것을 아직 고맙게 생각하는 건지, 웬일로 나를 칭찬했다.

린, 너도 미심쩍다는 듯 도끼눈으로 나를 쳐다보지 말라고.

"멤버 모집이라고 적혀 있던데, 무슨 일 있으세요?"

"동료 두 명이 몸 상태가 좋지 않거든. 모레에 잡혀있는 의뢰를 하는 건 무리일 것 같아서, 임시 멤버를 모집하고 있는 거야."

"그렇군요. 두 사람 다 고생이 많네요."

"알아줘서 고마워. 참, 맞다. 괜찮다면 한 번 해보지 않을래? 마법으로 사람의 꿈을 조종할 수 있는 걸 보면, 다른 마법도 쓸 수 있지? 도와준다면 정말 고맙겠어."

"아, 그건 힘들 것 같아요. 제가 쓸 수 있는 마법은 그것뿐인데다, 모험을 해본 적도 없으니까 짐만 될 것 같거든요……."

로리 서큐버스는 또 도움을 청하는 눈길로 나를 쳐다보았다.

그러고 보니 저번에 로리 서큐버스를 소개할 때 초보자 위저드라는 거짓말을 했었지.

이 녀석을 데리고 갔다간 문제가 발생할 게 뻔하니 대충 얼버무려 두도록 할까.

　"린. 이 녀석은 전투에 도움이 되는 마법을 못 써. 데려가 봤자 아무 짝에도 도움이 안 될 거야. 맞다, 최종적으로 인원수가 모자랄 것 같으면 머릿수라도 맞추게 도움을 청하는 게 어떨까?"

　"아, 그거라면 괜찮을 것 같아요. 만약 인원수가 모자라면 말해주세요. 그럼 저는 일을 하러 가볼게요."

　"아, 시간을 빼앗아서 미안해. 그때는 정말 고마웠어~."

　린이 손을 흔들자 로리 서큐버스는 고개를 꾸벅 숙인 후 가던 길을 계속 갔다.

　"괜찮은 애네. 네 지인이라는 게 믿기지 않을 정도야."

　"저 녀석도 나름 문제가 있지만 말이야. 뭐, 됐어."

　"넷이서 맡아야 하는 의뢰니까, 여차하면 저 애에게 부탁하자."

　"인원수가 모자라면 생각해볼게. 아, 누가 흥미를 가지고 다가온 것 같네…… 우웩."

　이쪽을 향해 걸어오는 사람을 향해 고개를 돌려보니, 금속 갑옷을 걸친 금발 여성이 눈에 들어왔다.

　"으윽. 뭐야, 너냐?"

　이 녀석은 아는 얼굴이다. 카즈마네 파티의 멤버이자, 전위를 담당하고 있는 크루세이더, 다크니스였다.

외모도 나쁘지 않고 방어력도 매우 우수하지만―.

"사람의 얼굴을 보자마자 실망한 티를 팍팍 내다니, 정말 무례하구나. 길드에서 모험가를 모집한다는 종이를 보고 일부러 여기까지 와줬는데 말이다. 아무튼, 인원이 부족하다면 나를 임시 멤버로 뽑지 않겠느냐?"

"싫어!"

나는 주저 없이 딱 잘라 그렇게 대답했다. 이 녀석과 얽혔다가 따끔한 맛을 본 적이 있기 때문에 두 번 다시 얽히고 싶지 않았다.

"너무하잖아, 더스트! 아무도 찾아오지 않는다면 카즈마네 파티에게 부탁을 해보자고 아까 자기 입으로 말하지 않았어? 너, 얼마 전에 카즈마네와 파티를 짠 적도 있잖아."

"아~, 다크니스가 없을 때 도와준 적이 있긴 하지. 아무튼 잘 들어, 린. 나는 아까 카즈마네 파티에게 부탁을 해보자고 말하기는 했어. 그건 인정할게. 하지만 그건 카즈마가 함께 한다는 전제 하에서의 이야기야. 보호자 없이 단독일 때는 다룰 수 없는 상대라고. 린, 너는 사슬에 묶이지 않은 맹수를 채찍도 없이 조련할 자신이 있어?"

"본인을 앞에 두고 이렇게 매도를 해대다니……. 혹시 나한테 포상을 주는 것이냐?"

다크니스가 볼을 새빨갛게 붉히고 거친 숨을 내쉬자 린은 약간 질린 표정을 지었다.

아무래도 다크니스가 얼마나 위험한 녀석인지 조금은 이해한 것 같았다.

"이 녀석은 공격을 전혀 명중시키지 못하는 데다, 그냥 튼튼하기만 하다고. 게다가 적만 나타났다 하면 무턱대고 돌격만 해대고, 적의 공격을 맞으면 기뻐하지. 그게 다가 아니야."

내가 손가락을 하나씩 꼽으며 결점을 언급했더니 다크니스는 내 눈앞에서 볼을 붉힌 채 몸을 배배 꼬았다.

"이렇게 들으니 조금 부끄럽구나. 이건 수치 플레이와는 좀 다른 것 같다만……."

"…………."

린은 내 발언과 다크니스의 반응을 접하고 입을 다물었다. 어떤 반응을 보이면 좋을지 감이 오지 않는 것 같았다.

"애초에, 카즈마 녀석들은 어쩐 거야? 동료들과 같이 의뢰를 맡으면 되잖아."

"그게 말이다. 지금까지 진 빚을 청산하고 거금을 손에 넣었더니, 그 남자가 집밖으로 나가려고 하지 않는다. 정말이지……."

카즈마는 일할 생각이 없는 걸까. 그럼 다크니스를 고용할 이유도 사라졌다.

하지만 문제아 세 명을 방치해 두지 말아줬으면 좋겠는걸.

"그것보다 이런 짓을 할 짬은 있는 거야? 실종된 영주 대신 네 아버지가 액셀의 영주가 됐잖아? 그리고 몸이 좋지 않은 아버지를 대신해서, 지금은 네가 업무를 보고 있다고 들었어. 모험가 활동을 할 여유는 없지 않아?"

나는 다크니스의 뜻을 꺾기 위해 질문 공세를 펼쳤다.

"그렇기는 하다만, 익숙하지 않은 일을 하다 보니 스트레스가 쌓여서 말이다. 마물에게 능욕을 당하면 마음이 개운…… 기분 전환도 겸해서, 의뢰를 맡아보자는 생각을 한 거다."

"이제 와서 야무진 표정을 지어봤자 헛수고야. 어차피 다른 녀석들에게 전부 거절당해서 우리한테 온 거지?"

"으윽."

정곡을 찔린 것 같았다. 카즈마의 일행은 하나같이 문제아로 유명하니까 말이야. 솔직히 말해 이 녀석들과 같이 파티를 짰다간 몸이 버티지 못할 거라고……

"너를 고용할 생각은 없어. 빨리 돌아가."

"큭, 두고 보자! 이렇게 많은 사람들 앞에서 나에게 수치를 주다니……. 이걸 나쁘지 않다고 생각하는 걸 보면, 나는 이미 갈 데까지 간 걸지도 모르겠다."

다크니스는 위험한 소리를 늘어놓으면서 다른 곳으로 가 버렸다.

저 녀석은 이미 돌이킬 수 없는 지경에 이르렀다고 생각했다.

성격, 아니, 성적 취향만 저 모양이 아니라면 꽤 우수한 인물일 텐데 말이다. 정말 여러모로 아까운 여자다.

"다크니스의 소문은 들었지만, 정말 사람은 겉만 보고는 모른다니깐……."

린은 팔짱을 끼더니 멀어져가고 있는 다크니스의 등을 쳐다보면서 그렇게 중얼거렸다.

현실은 때로 잔혹하다. 지위와 외모는 괜찮은 편인데 말이다. 정말 아깝네.

"흐음, 다크니스가 불같이 화를 내서 무슨 일인가 와봤더니, 멤버를 모집 중인 거군요."

"……또 문제아가 나타났네."

다크니스와 교대를 하듯 나타난 이는 정신 나간 폭렬걸이라 불리는 홍마족 소녀, 메구밍이었다.

다크니스의 이야기를 듣고 불길한 예감을 받기는 했지만 이 녀석까지 나타날 줄은 몰랐다.

"호오. 멤버를 모집하고 있군요. ……카즈마의 단점만 모아둔 듯한 남자지만, 어쩔 수 없죠. 위대한 폭렬마법을 쓸 수 있고, 운 좋게도 마침 지금 한가한 모험가가 필요하지―."

"않습니다!"

나는 말을 끝까지 들어보지도 않고 거절했다.

내 목적은 어디까지나 믿음직한 동료를 모집하는 것이지, 문제아를 돌보는 보육시설을 운영할 생각은 추호도 없다.

"왜 말을 끝까지 들어보지도 않는 거죠?! 마왕군 간부를 해치운 폭렬마법에 관심이―."

"없습니다!"

"왜죠?! 최강의 공격력을 자랑하는 폭렬마법을 사용하는 모험가를 동료로 삼을, 처음이자 마지막 기회라고요! 지금이라면 저녁밥만 사줘도 바로 당신의 파티에 들어갈 거란 말이에요!"

이렇게 필사적으로 애원하는 것을 보면 다크니스와 마찬가지로 다른 모험가들에게 퇴짜를 맞은 게 틀림없다.

폭렬걸의 말은 어엿한 사실이다. 확실히 파괴력 하나는 더할 나위가 없다.

하지만一.

"하루에 딱 한 번만 쓸 수 있을 정도로 연비가 나쁜 마법은 필요 없어. 고블린 상대로 그런 엄청난 화력은 필요 없단 말이야. 자, 빨리 돌아가."

나는 대로 쪽을 손가락으로 가리켰지만 메구밍은 돌아가지 않았다.

린을 힐끔 쳐다보니 그녀는 난처하기 그지없는 표정을 짓고 있었다.

같은 마법사로서 메구밍을 존경하기는 하지만 그녀의 악평을 시도 때도 없이 들었다면…… 뭐, 저런 표정을 지을 만도 하지.

"자, 면접을 시작해볼까요. 이래 봬도 저는 다양한 아르바이트를 경험했거든요. 그래서 면접에는 꽤 익숙해요."

메구밍은 내 말을 무시하고 맞은편 의자에 앉았다.

되게 뻔뻔하네. 같은 홍마족인 융융한테 그 뻔뻔함을 나눠주라고……

"너, 그 성격으로 용케 아르바이트 같은 걸 했구나."

"예. 뭐, 손재주는 나쁘지 않은 편이거든요."

"자기 입으로 그런 소리 하지 말라고. 그리고 방금 내가 너한테 돌아가라고 말했거든?"

"훗, 그 정도 말에 순순히 돌아갈 정도로 인생을 쉽게 살아오지는 않았거든요. 엉엉 울면서「팔다 남은 거라도 괜찮다면 전부 줄 테니까, 다시는 오지 마!」같은 소리를 하며 거부하지 않는 한, 이 자리에서 한 발자국도 움직이지 않을 거예요!"

뻔뻔해도 너무 뻔뻔하네.

쓸데없이 기합만 잔뜩 들어간 이 녀석을 대체 어떻게 쫓아낼까. 그것이 문제다.

나는 멤버를 모집하고 있을 뿐인데 왜 이렇게 마음고생을 하고 있는 거냐고…….

"더스트, 어떻게 할 거야?"

"뭐, 나만 믿어."

나는 귓속말을 하는 린을 향해 고개를 끄덕였다.

이대로 돌아가기를 기대해봤자 부질없는 짓이겠지. 어쩔 수 없다. 면접이라도 보게 해주면 만족할 것이다.

"그럼 면접을 시작해보자. 우리는 호위와 고블린 퇴치 의뢰를 같이 수행할 동료를 모집하고 있어. 그럼 너의 어필 포인트를 가르쳐줘."

"압도적인 화력이 제 자랑거리예요! 그 어떤 상대라도 가루로 만들어버릴 수 있죠!"

"오호라, 압도적인 화력을 지녔구나. 그럼 사방에서 고블린 무리가 몰려든다면 어떻게 할 거야?"

벌떡 일어서서 지팡이를 치켜들며 자신만만한 태도를 취한 메구밍은, 그 말을 듣고 시선을 피한 뒤 자리에 앉아서 고개를 한사코 들지 않았다.

"그건, 그러니까……."

"제대로 대답해주지 않겠습니까? 사방에서 고블린이 나타났을 때, 당신은 어떻게 할 거죠~? 솔직하게 대답해주시지 않으면 저희도 곤란한데 말이죠. 흐음, 마음에 상처를 입은 척 하는 건가요? 그만하시죠. 마치 제가 나쁜 짓을 하고 있는 것 같지 않습니까."

나는 테이블을 손바닥으로 내려치면서 압박했다.

이럴 때 존댓말을 쓰면 상대방은 더욱 궁지에 몰린다.

"우와~."

옆에 있는 린이 차가운 눈길로 나를 쳐다보았지만 이 녀석을 어떻게든 쫓아내지 않았다간 너도 따끔한 맛을 보게 된다고……

"으음, 저기, 가장 적이 많은 곳을 향해 폭렬마법을 날리……"

"그런가요. 그 일격으로 고블린 몇 마리는 날려버릴 수 있겠죠. 하지만 그 후에도 고블린은 십여 마리 이상 남아 있습니다. 그 상황에서 당신이 어떻게 행동할지 대답해 보시죠."

"그러니까 말이죠……. 저기……."

"대, 답, 해, 보시죠. 설마 아무것도 하지 않고 바닥에 널브러져 있으려는 건 아니겠죠?! 동료들이 필사적으로 싸우고 있는 상황에서, 당신은 뭘 할 거죠? 이 질문에 솔직하게 대답해주지 않는다면, 저희도 당신을 고용할 수—"

내가 그렇게 몰아붙이자 자리에서 일어난 메구밍은 아무 말 없이 돌아갔다.

멀찍이서 건물 뒤편에 숨어 이쪽을 쳐다보고 있던 다크니스와 합류한 메구밍은 둘이서 대화를 나눴다.

그리고 메구밍이 우리를 향해 지팡이를 들면서 무슨 짓을 하려고 한 순간, 다크니스가 그녀를 꼼짝 못하게 움켜잡고 말렸다.

……뭐하는 거야.

"너무 심한 거 아냐? 좀 원만하게 둘러서 말해도 되잖아."

"저 폭렬걸이 벌인 짓거리를 카즈마나 융융한테서 듣는다면, 너도 내 판단이 옳았다며 고마워할걸?"

게다가 폭렬걸을 동료로 삼았다간 마법사가 두 명이 된다. 파티의 밸런스가 나빠지는 것이다.

실제 전투에서 전사 계열은 나 한 명뿐인 상황이 되어, 꼼짝도 못하게 된 메구밍을 업은 채 린을 지키는 건 불가능하다.

나 혼자만이라면 몰라도 린까지 위험에 처하게 할 수는 없다.

"그렇게 문제가 많을 것 같지는 않은데……."

"다음에 카즈마가 있을 때, 저 파티와 같이 의뢰를 수행해 보는 게 어때? 그러면 내 말을 실감할 수 있을 거야. 그리고 카즈마가 있으면 아마 괜찮을 거라고. ……아마도 말이지."

"네 말을 들으니 불안이 밀려오네."

"그러면 우리 파티가 얼마나 정상적이고 축복받았는지 실감할……. 어이, 맙소사. 제발 부탁이니까, 이제 좀 봐달라고."

우리를 향해 걸어오는 여자가 있었다.

뭐, 아까 왔던 두 사람을 보고 이 상황을 예상했지만 말이다.

파란 머리카락을 지닌 민폐 교단의 프리스트이자 툭하면 여신을 자칭하는 여자가 나타났다.

"너는 일전에 내가 소생시켜줬던…… 이름이 뭐였더라?"

"더스트야! 그때도 내 이름을 밝혔거든?! 그때는 신세 졌어. 소생시켜준 건 정말 고맙게 생각해."

히드라에게 잡아먹혀서 반쯤 녹아버렸던 나를 소생시켜준 이가 바로 이 여자라서 그런지, 다른 두 명을 대할 때처럼 세게 나갈 수가 없네.

"맞아. 그런 이름이었어. 그런데, 왜 이런 곳에서 멤버 모집을 하고 있는 거야?"

"길드에서 쫓겨났거든. 하지만 이제 멤버를 확보했으니까, 슬슬 정리하고 돌아가려던 참이야."

이 녀석까지 멤버로 뽑아달라는 소리를 하기 전에 철수해야겠다.

프리스트로서의 실력은 높이 사지만 성격 면에서는 다른 두 사람보다 더 성가시다고 카즈마가 말했었거든…….

그리고 저번에 같이 모험을 했을 때, 이 녀석이 얼마나 골 때리는지 처절하게 실감하기도 했다.

우리 파티도 회복 담당이 필요하기는 하지만 이 녀석만큼은 절대 사양이다.

"저기, 나 좀 봐."

린이 자리에서 일어나더니 나를 가게 안으로 끌고 들어갔다.

"대낮에 남자를 어둑어둑한 곳으로 끌고 가다니, 꽤 대담한걸."

"헛소리 하지 마. 아직 멤버를 한 명도 못 뽑았는데 무슨 소리를 하는 거야? 저 사람은 너를 소생시켜줬던 아크 프리스트, 아쿠아 씨 맞지? 저렇게 대단한 사람이면 우리도 쌍수를 들고 환영해야 하는 거 아냐?"

"너는 진짜 아무것도 모르는구나. 실력은 대단해. 그건 인정하겠어. 하지만 그 카즈마가 자기 동료 세 사람 중에서 제

일가는 문제아라고 말했던 애라고. 참고로 나도 카즈마의 의견에 동의해."

"하지만 프리스트잖아? 성직자가 문제되는 행동을 할 리가—."

"저 사람, 아쿠시즈교야."

마왕군조차도 민폐집단으로 여긴다는 소문이 돌고 있는 이들이 바로 아쿠시즈 교도다.

그런 종교의 프리스트를 동료로 삼는 건 폭탄을 안고 다니는 짓이나 다름없다. 게다가 저 녀석은 자기가 여신이라 떠벌리고 다닐 만큼 정신이 나간 녀석이다.

"하, 하지만 우리는 전부터 프리스트를 파티에 영입하고 싶어 했잖아."

"그래. 아쿠시즈교가 아닌 프리스트를 말이지."

"저기~, 무슨 이야기를 그렇게 하는 거야? 왠지 무시당하는 것 같아서 섭섭하네~."

뒤돌아서서 이야기를 나누고 있는 우리의 등 뒤에서 아쿠아의 목소리가 들려왔다.

고개를 돌려보니 아쿠아는 테이블 너머로 몸을 쑥 내밀면서 우리를 쳐다보고 있었다.

"아, 미안해. 별 이야기 아냐. 아무튼, 멤버 모집 종이를 보고 온 거라면 미안하게 됐네. 아까 말했다시피 이미 멤버를 다 뽑았거든."

"하지만 다크니스와 메구밍 말로는 아직 멤버를 안 뽑았다던걸?"

젠장, 그 녀석들한테서 이야기를 들은 거냐.

그 두 사람이 거절당했다는 이야기를 들었을 텐데 왜 이 녀석도 우리를 찾아온 거냐고……

"나를 고용하는 건 어때? 나는 죽은 지 얼마 안 된 사람을 소생시킬 수 있어! 답례는 술값만으로 충분해."

확실히 그건 매력적이다. 나도 이 녀석 덕분에 되살아난 적이 있다. 그래서 이 녀석이 거짓말을 하는 게 아니라는 것을 알고 있었다.

하지만 그런 이점을 상쇄하고도 남을 만큼 문제점이 많다고……

"그 외에도 언데드는 바로 정화할 수 있어."

"미안하지만 고블린을 퇴치하는 의뢰니까 언데드와 싸울 일은 없어."

"고블린이구나~. 자이언트 토드만 아니면 괜찮아! 이제 점액 범벅이 되는 건 질색이야."

그걸 싫어하는구나. 거짓말이라도 자이언트 토드와 싸울 거라고 말할 걸 그랬다.

아까 전의 두 사람과 달리 능력에는 문제가 없기 때문에 거절하기 어렵다. 확 데리고 가버릴까……

아쿠아의 뒤편을 쳐다보니, 아까 면접에서 탈락한 두 사람이 건물 뒤편에 숨어서 이쪽을 쳐다보고 있었다.

이 녀석을 뽑았다간 분명 저 두 사람도 불평을 늘어놓으며 따라오겠지.

한 명이라면 몰라도 세 명 다 제어할 자신은 없다고!

이 녀석들이 포기하게 만들 최선의 방법은 없는 거야?! 적당한 핑계거리는……. 맞다. 전에 들었던 그 이야기를 써먹어 볼까.

"실은 말이지. 바닐 나리가 도와주기로 되어 있어."

"뭐어어어어?! 너, 그 망할 악마와 함께 모험할 거야? 제정신이야? 그게 아무리 문질러도 지워지지 않는 변기통 얼룩에 버금가는 존재라는 걸 모르는 거야?!"

"마, 말이 너무 심하네. 나는 바닐 나리와 잘 지낸다고. 아무튼 나리와 같이 행동해도 괜찮다면, 우리 파티에 받아줄게."

"딱 질색이거든?! 여신인 내가 악마 따위와 모험을 같이 할 것 같아?!"

이 녀석은 자기가 여신이라고 한사코 주장한다니깐.

아무리 거짓말이라도 이렇게 일관되게 우기는 점은 대단하다는 생각이 들었다.

"그래? 거참 아쉽네. 다음에 또 멤버를 모집하게 되면 그때 부탁할게."

"그딴 녀석과는 어울리지 않는 편이 좋을 거야. 여신의 은혜로운 충고니까 새겨들어."

"그래. 명심할게."

나는 돌아가는 아쿠아의 등을 쳐다보고 손을 흔든 후 주먹을 말아 쥐었다.

골칫거리들을 떨쳐내는데 성공했다. 한 건 해낸 기분이 들었다. 길드에 돌아가서 한 잔 할까.

"자, 전부 해결됐어."

내가 린을 향해 고개를 돌리자 그녀는 한숨을 푹 내쉬었다.

"저기, 아직 아무것도 해결되지 않았거든? 멤버를 한 명도 모집하지 못했잖아."

"……아."

그 녀석들을 쫓아내는데 혈안이 된 나머지, 멤버를 모집해야 한다는 것을 까맣게 잊었다.

그렇다. 모레 출발할 때까지 멤버를 두 명 모집하는 것이 당초의 목적이다.

이대로 있다간 선금을 돌려줘야할 것이다.

"어떻게 하지? 돈은 없다고."

"왜 없는 거야? 선금을 받은 지 이틀밖에 안 됐잖아."

"그야 당연히 다 써버렸기 때문이지. 돈이라는 건 모아두지 않고 팍팍 써야 경제가 순환되는 법이라고."

"너는 뒷일 생각하지 않고 낭비하는 것뿐이잖아. 진짜 곤란하게 됐네. 알고 지내는 모험가 중에 한가한 사람이 있으면 좋겠는데 말이야."

"진짜로 어떻게 할까?"

"저기, 슬슬 반응을 해주는 게 어때? 슬슬 불쌍하다는 생각마저 든단 말이야. 길드에서도 계속 이쪽을 힐끔힐끔 쳐다봤잖아."

나와 얼굴을 마주하고 있던 린이 옆을 힐끔 쳐다보았다. 하지만 나는 그쪽에 무엇이 있는지 알기에 일부러 쳐다보지 않았다.

"린도 눈치챘구나."

우리가 이곳에 테이블을 놓고 앉은 후부터의 일이다. 조금 떨어진 곳을 어슬렁거리다 숨고, 이쪽으로 다가오려다 혼잣말을 중얼거리면서 다시 돌아가는 기행을 질리지도 않는지 계속 반복하고 있는 수상한 인물이 있었다.

그 녀석은 외모와 몸매가 나이에 비해 나쁘지 않은 편이다. 게다가 아크 위저드일 뿐만 아니라 상급 마법도 쓸 수 있는 홍마족이었다.

그런데도 불구하고 항상 혼자서 행동하는 외톨이 마법사─융융.

"모르는 사이도 아니니까, 가벼운 마음으로 말을 걸어도 될 텐데."

"사람 사귀는 게 서툰 걸 거야. 모험가들 사이에서는 꽤 유명한 이야기잖아."

저 녀석은 사람 사귀는 것이 서툴다기보다, 그저 낯가림이 심할 뿐이라는 생각이 드는데…….

나한테는 할 말 못할 말 가리지 않으며 다 하면서 말이다.

"으음~. 뭐, 말은 꺼내볼까. 우리 동료가 되고 싶다는 오라는 온몸으로 마구마구 뿜고 있잖아."

"저 애는 너무 순수하기 때문에 우리 파티에 받아주고 싶지 않아. 너나 키스한테서 나쁜 물이 들 것 같거든."

"그게 무슨 소리야? 뭐, 아무튼 임시 멤버라면 괜찮을 거라고. 애초에, 나와 융융은 이미 친구 사이거든? 너는 거절했지만 말이야."

일전에 내가 융융에게 친구를 만들어주려고 린을 소개해준 적이 있는데, 이 녀석은 괜히 넘겨짚다가 거절했었지.

"네 부탁이라서 괜히 의심하고 경계했던 거야. 말 그대로의 의미일 거라고는 진짜 상상도 못했어. 나를 놀리는 게 틀림없다고 생각했다니깐."

"멋대로 오해한 네 잘못이라고. 나도 때로는 선의로 남을 위해 행동할 때가 있어."

"1년에 한 번 있을까 말까하지 않아?"

"그딴 헛소리를 두 번 다시 못하게 내 입술로 확 막아줄까?"

"할 수 있으면 어디 해봐. 이상한 짓을 했다간, 더스트를 사모하는 그 귀족에게 네 속옷을 줘버릴 거야!"

"어이, 관둬! 그건 너무 비인간적인 짓이잖아!"

린, 아무리 화가 나더라도 그건 매너 위반이라고. 그 일은 나한테 트라우마가 됐단 말이다!

우리가 그렇게 말다툼을 벌이고 있는 와중에도 융융은 내 시야 한편에서 왕복 운동을 하고 있었다.

내가 말을 걸 때까지 계속 저러고 있을 것 같네.

"좀 불쌍해 보이네. 더스트, 이제 그만 말을 걸어주는 게 어때?"

"하지만 저 녀석을 멤버로 삼았다간 마법사가 두 명이 되는 거잖아? 밸런스가 나쁠 거라고."

"저 정도로 우수한 아크 위저드라면 동료로 삼아도 손해 될 게 전혀 없을 거야. 아, 우리한테 말을 걸 용기가 없어서 울먹거리기 시작했어."

어느새 우리에게 꽤 다가오기는 했지만 린이 방금 말했다시피 말을 걸 용기가 없는 것 같았다.

아마 린이 이 자리에 없었다면 스스럼없이 나에게 말을 걸었으리라.

어쩔 수 없지. 내가 말을 걸어보도록 할까.

"어라, 융융이잖아. 뭐야, 돈이라도 빌려주려고 온 거야? 밥 같이 먹을 사람을 찾는 거면, 맛 좋은 술을 파는 데로 가자. 그리고 계산은 네가 해."

"돈 안 빌려드릴 거고, 밥도 안 살 거예요! 그, 그것보다, 이런 곳에서 다 보네요. 여기서 뭘 하고 있는 거죠?"

기뻐 죽겠다는 듯 환한 미소를 지으며 달려오는 융융의

모습은 꼬리를 흔들면서 뛰어오는 개를 연상케 했다.

우연히 이곳을 지나가다 우리를 발견한 척 하고 있지만 유감스럽게도 연기력이 꽝이었다.

자기가 외톨이라는 걸 얼버무릴 때도 연기를 너무 못해서 보는 사람이 다 안타까울 지경이었다. 나를 본받아서 좀 더 뻔뻔하게 살면 될 텐데⋯⋯.

"아~, 우리 파티의 멤버 두 명이 몸 상태가 좋지 않아서 쉬고 있거든. 그래서 임시 멤버를 모집하고 있어."

"흐음~, 그런가요~. 그거 참 큰일이겠네요~."

내가 말을 걸어줬는데 그런 반응을 보이는 건 좀 그렇잖아. 뻔뻔할 뿐만 아니라 연기도 되게 못하는 배우 같네.

이 상황에서는 내가 멤버가 되어달라고 부탁하는 편이 좋겠지만⋯⋯. 융융이 커뮤니케이션 장애를 극복할 수 있도록 이야기를 좀 더 이어나가볼까.

이 정도도 융융이 직접 못해서야, 앞날이 깜깜할 테니까 말이야.

"뭐, 맞아. 아무도 안 오니까 슬슬 접고 아는 녀석들에게 부탁을 해보려던 참이야."

"그, 그런가요. 저기, 난처한 상황이라면⋯⋯."

"아~, 목소리가 작아서 안 들리네. 혹시 나한테 할 말이라도 있어? 그리고 그 쪽팔리는 자기소개는 안 하는 거야?"

"그건 마을의 규율 같은 거지, 제가 하고 싶어서 하는 게 아니거든요? 그것보다, 저, 저기 말이죠. 그, 그러니까, 사람이 부족하다면, 저기……."

융융은 고개를 숙인 채 손가락을 꼼지락거리기만 할 뿐 말을 잇지 못했다.

폭렬걸이나 나와 단둘이 있을 때는 할 말을 다하면서 말이다.

"더스트, 이제 그만 좀 괴롭혀. 저기, 괜찮다면 며칠 동안만 우리 동료가 되어주지 않겠어? 보수도 챙겨줄게."

린이 내 머리를 때린 뒤 우리의 대화에 끼어들었다.

나와 융융의 대화를 옆에서 들으면서 짜증이 난 것 같았다.

"제가 동료가 되어도…… 괜찮겠어요?"

"응. 부탁해도 될까?"

"예. 부족한 몸이지만 잘 부탁드려요!"

융융은 정말 기쁜지 고개를 연달아 꾸벅꾸벅 숙였다.

부탁을 한 건 우리인데 말이다. 어느새 입장이 뒤바뀌었다.

"그래. 잘 부탁해. 내일 길드에 와줬으면…… 항상 있었지. 아무튼, 내일 말을 걸 테니까 기다리고 있어."

"알았어요! 기다리고 있을게요!"

룰루랄라 걸음으로 멀어져가는 융융의 뒷모습에서는 기쁨이 배어나오는 것 같았다.

확실히 융융의 실력 자체는 나무랄 곳이 없다. 오히려 혼자서도 이런 의뢰는 가볍게 처리할 수 있을 것 같지만 도와주겠다니 나로서는 나쁠 게 없었다.

"일단 한 명 확보했네."

"해가 지려고 하니까, 내일 또 모집하자. 한 명 정도는 어떻게든 구할 수 있겠지."

"그렇게 낙관적인 상황은 아닌 것 같지만, 아마 괜찮을 거야."

판매 물품인 테이블과 의자를 잡화점의 원래 위치에 가져다둔 후, 린은 아저씨에게 사과를 했다.

어차피 팔리지도 않을 물건이니 그럴 필요는 없을 텐데…….

기한은 아직 하루 남았다. 오늘은 밥 먹고 술 한 잔 한 후에 자야지.

내일 일은 내일 생각하면 되니까 말이다.

5

길드에 온 내가 평소 앉는 자리에서 아침을 먹고 있는 가운데, 맞은편에는 도끼눈으로 나를 노려보고 있는 여자애가 있었다.

"결국 멤버를 못 구했는데 어떻게 할 거야? 너, 어제만 해도 자기한테 맡기라고 했지? 그래놓고 다른 모험가와 주먹다짐을 한 끝에 유치장 신세를 진 건에 대해 변명 좀 해보지그래?"

"나는 아무 잘못 없어! 모험가를 모집하고 있는데, 전에 나한테 빌려준 돈을 받으러 찾아온 상대방이 잘못한 거라고!"

의뢰 당일까지도 남은 한 명을 구하지 못해 언짢은 린, 그리고 어쩌면 좋을지 몰라 안절부절 못하고 있는 융융이 내 맞은편에 앉아 있었다.

"어, 어떻게 할 거죠? 멤버를 네 명 모아야 한다고 했죠?"

다른 사람과 함께 의뢰를 맡은 게 처음이라 기쁨을 주체하지 못하던 융융이 진심으로 당황했다.

그러고 보니 이 녀석은 어제 길드에서 『처음으로 짠 파티, 초보자 매뉴얼』, 『스스럼없이 다른 사람과 이야기하는 방법』 같은 책을 읽고 있었지.

모험용 식료품이 가득 들어서 무거워 보이는 짐을 내가 아침 식사 삼아 먹어서 좀 줄여줬더니, 융융은 울먹거리며 나를 쫓아다녔다.

"걱정하지 마. 이 녀석을 불러놨거든."

내가 고개를 돌리고 손짓을 하자 한 소녀가 내 옆에 섰다.

두 사람은 그 인물을 보고 납득한 것 같았다.

"모험을 하는 건 처음이니까, 잘 부탁드려요."

로리 서큐버스가 고개를 꾸벅 숙이며 그렇게 말했다. 내가 꼭두새벽에 찾아가서 부탁을 했더니 바로 승낙해줬다.

참고로 그녀는 망토와 모자로 마법사 같은 복장을 갖추고 있었다.

전위 한 명에 마법사가 세 명이라고 하는, 밸런스가 완전

꽝인 파티가 구성됐지만 지금은 찬밥 더운밥 가릴 때가 아니었다.

"무리한 부탁을 해서 미안해."

"마, 만나서 반가워요! 홍마족인 융융이라고 해요! 취미는 혼자서 할 수 있는 게임과 독서예요! 그리고 항상 친구를 모집하고 있어요!"

융융은 왜 긴장한 거지. 소개팅을 하는 것도 아닌데 말이야.

진짜 초면인 상대한테 약하다니깐. 옆에 있는데도 긴장감이 느껴질 지경이라고…….

"만나서 반가워요. 융융 씨군요. 저는…… 로리사라고 해요."

이건 오늘 아침에 만든 가명이다.

악마는 자신의 진명을 남에게 가르쳐주면 안 된다고 했다. 그래서 가명을 만든 것이다.

그리고 이 가명이라면 내가 실수로 로리 서큐버스라고 그녀를 부르더라도 둘러댈 수 있을 것이다[1].

"여러분도 마법사군요. 선배님들, 잘 부탁드려요."

"선배……. 그 말 들으니 기분이 썩 나쁘지 않네."

린의 표정을 보아하니 꽤 기분이 좋아 보였다.

어라? 선배라는 말을 듣고 가장 기뻐할 것 같은 녀석이 웬일로 조용하네.

---

[1] 그리고 이 가명이라면~ 둘러댈 수 있을 것이다 서큐버스의 일본어 발음은 사큐바스(サキュバス)여서 로리 사큐바스의 앞 세 글자를 써서 로리사라는 가명을 만들었다.

내가 입을 다물고 있는 융융을 쳐다보니 그녀는 얼굴을 히죽거리며 두 손으로 볼을 꼭 누르고 있었다.

"후훗, 선배라는 말을 들었네~. 나중에 메구밍한테 자랑해야지."

내 예상보다 훨씬 기뻐하는 것 같았다.

어라, 지금 생각해보니 이건 하렘 파티네!

카즈마와 마찬가지로 여자 셋에 남자가 나 하나잖아.

그야말로 축복받은 환경이군. 그러나…….

융융은 몸매가 괜찮은 편이지만 나이가 너무 어리다.

로리 서큐버스는 나이가 나보다 많을 것 같지만 겉모습은 우리 중에서 가장 어리다.

그럼 그나마 적당한 상대는 린뿐이구나. 성격이 꽤 엄하고 가슴이 좀 빈약하기는 하지만 다른 점은 내 취향이긴 하지.

게다가 이 상황에서 분에 넘치는 소리를 했다간 벌 받겠지. 남자들로만 구성된 후덥지근한 파티는 썩어 넘칠 만큼 많거든……. 그런 파티에 비하면 이 파티는 천국 그 자체잖아.

그걸 증명하듯, 길드 안의 남자들이 부러움에 찬 눈길로 이쪽을 쳐다보고 있었다.

크으~, 기분 째지네!

"좋아, 그럼 기합 바짝 넣고 가보자고!"

"더스트가 이렇게 의욕을 내는 것도 별일이네. 혹시 이상한 수작이라도 꾸미고 있는 거 아냐?"

"그런 거 아니라고."

그러니까 노려보지 마. 린은 괜히 날카로운 구석이 있어서 성가시다니깐.

이 파티 유일의 남자로서 멋진 모습을 보인다면 쭉쭉빵빵한 서큐버스나 융융의 몇 안 되는 친구를 소개받을지도 모른다.

……아, 융융의 친구 쪽은 기대하지 않는 편이 나으려나.

이번 모험에서 린에게 멋진 모습을 보여줘서 나를 다시 보게 만들어주겠어.

6

"『라이트 오브 세이버』!!!!"

빛이 뿜어진 순간, 마물들이 두 동강이 난 뒤 폭발했다.

"『파이어볼』!!!!"

불꽃 덩어리가 마물에게 정통으로 꽂히자 향긋한 냄새가 피어올랐다.

나와 린과 로리 서큐버스는 마차 앞에 서서 융융의 활약을 지켜보고 있었다.

평소 같으면 꽤 고전했을 적들이 순식간에 쓸려나가고 있었다.

"기운이 넘치네."

"그래."

나는 멍하니 쳐다보고 있는 린의 옆에서 건성으로 대답했다.

"저희는 없어도 될 것 같지 않아요?"

"그래."

로리 서큐버스의 지당하기 그지없는 말에, 나는 동의했다.

의욕에 불타던 융융이 마물을 발견하자마자 바로 나서면서 마법으로 적들을 소탕하고 있으니 우리가 할 일은 없었다.

위력도 엄청나지만 마력의 양도 어마어마한지 마물들이 순식간에 처리됐다.

홍마족은 대단하네. 그 폭렬걸도 마법의 위력 하나만큼은 엄청나지만 전체 능력으로 본다면 융융이 더 뛰어난 거 아냐?

전투에서 활약할 생각이었는데, 그냥 융융에게 맡겨두면 편할 것 같아서 다 같이 상황을 지켜보고 있기로 했다.

마물을 전부 쓸어버린 융융은 이마의 땀을 닦는 동작을 취한 후 의기양양한 표정을 지으며 돌아왔다.

"마물을 해치웠어요!"

"정말 대단하네. 같은 위저드로서 존경스러워."

"이야, 역시 끝내주는걸. 미래의 홍마족 족장을 자처하는 것도 이해가 돼! 진짜 홍마족 제일의 마법사네!"

"선배, 멋져요! 동경할 것만 같아요!"

우리 모두가 칭찬을 해주자 융융은 얼굴을 붉히고 고개를 숙였다.

칭찬에 익숙하지 않은 건지 진짜로 부끄러워하고 있었다.

진짜 다루기 쉬운 애라니깐. 이대로 모든 전투를 이 녀석에게 다 맡기는 것도 괜찮겠는걸.

우리는 다시 마차에 탔고 마차는 덜커덩거리며 천천히 나아갔다.

융융이 파티 멤버가 되어주니 이렇게 수월해지네. 잠깐만 있어봐. 이참에 마구 치켜세워두면 앞으로도 종종 도와줄지도 몰라.

그렇게 되면 우리에게 벅찬 적도 간단히 해치울 수 있지 않을까? 그러면 앞으로의 모험가 생활이 정말 편해질 거라고.

좋아. 그럼 과하다 싶을 정도로 칭찬을 해두자.

나는 융융의 옆에 앉았다.

"이야, 융융의 마법은 진짜 대단한걸. 이렇게 강하고 우수한 마법사는 처음 봤어!"

"에이, 과찬이에요~. 홍마족이면 누구나 이 정도는 해요."

"겸손 떨 필요 없어. 폭렬걸은 마법 한 번 쓰고 나면 짐짝 신세잖아. 그에 비해 너는 강력한 마법을 몇 번이나 쓸 수 있는 데다, 동료에게 폐도 끼치지 않지. 진짜 최고네."

"제가 메구밍보다 낫다고요?! 정말 그렇게 생각해요?!"

"그, 그래. 융융이 훨씬 나아."

"에헤헤. 그런 말 들으니 기쁘네요~."

융융은 내 말을 듣자마자 반응을 보였다. 평소에도 메구밍과는 라이벌 관계라고 자주 말한 걸 보면, 그녀를 꽤 의식하고 있는 것 같았다.

아하, 그 녀석을 비교대상으로 삼으며 칭찬하는 게 효과적이겠는걸.

"어이, 너희도 그렇게 생각하지?"

이참에 비위를 맞춰줘서 편리하게 이용해먹을 심산으로 린과 로리 서큐버스에게도 말을 건넸지만 두 사람은 침묵에 잠겼다.

어이, 눈치 좀 발휘하라고…….

나는 다른 일에 정신이 팔려서 대답을 하지 않는 건가 싶어 두 사람을 쳐다보았다. 하지만 린은 인상을 쓴 채 창밖의 풍경을 쳐다보고 있었고, 로리 서큐버스는 볼을 살짝 부풀린 채 나를 노려보고 있었다.

이 녀석들은 왜 이렇게 열 받은 걸까. 전투는 융융에게 떠넘기고 여유를 부릴 수 있다면 만만세잖아.

"왜 그래? 멀미라도 나는 거야?"

"아무것도 아냐~. 융융은 참 대단하긴 해~. 나처럼 중급 마법을 겨우 쓰는 위저드와는 비교도 안 되잖아. 뭐, 나는 칭찬을 들어봤자 딱히 기쁘지 않지만 말이야."

"선배는 꿈을 조종하는 것 말고는 할 줄 아는 게 없는 저 같은 애와는 다르네요~. 그리고 더스트 씨는 강한 마법사를 좋아하는군요."

혹시 아까 활약을 한 융융을 위저드로서 질투하고 있는 건가?

나도 카즈마와 비교당하면 기분이 나빠질 때가 있다. 아무래도 내가 융융을 너무 칭찬한 것 같았다.

슬슬 우리도 활약하도록 할까. 마물도 나타난 것 같으니까 말이야.

"좋아, 마침 마물도 다가온 것 같으니까 융융은 쉬고 있어. 이번에는 우리끼리 해치울게."

"어, 마물이 나타난 건가요? 아, 진짜로 뭔가가 이쪽으로 뛰어오고 있네요."

수많은 마물의 기척과 발소리가 들려오자 우리는 마부에게 마차를 세우라고 말한 뒤 밖으로 나갔다.

그러자 이쪽을 향해 몰려오는 마물 무리가 눈에 보였다.

"고블린 무리예요!"

마부는 비명에 가까운 목소리로 그렇게 외치고 마차 안으로 도망쳤다.

마을에 다가가자 의뢰 대상인 고블린이 나타난 걸까. 이곳에서 해치워버리면 의뢰를 달성할 수 있을 것이다.

"너는 마차에서 내리지 마! 우리의 실력을 보여주자고."

"좋아. 나, 실은 스트레스가 좀 쌓였거든."

"저도 힘낼게요!"

두 사람 다 의욕이 넘치는걸. 린의 실력은 알고 있지만 로리 서큐버스의 실력은 어느 정도이려나?

솔직히 머릿수 맞출 생각으로 부탁했던 건데 말이야.

아무튼 내가 할 수 있는 일이라고 해봤자 한정되어 있다. 전위에서 적을 유인하여 후위가 마법을 영창할 시간을 버는 것이다.

고블린은 총 여섯 마리. 혼자서 상대하기에는 벅찬 숫자지만 지금이 바로 내 사나이다움을 뽐낼 때다.

창을 쓴다면 손쉽게 상대할 수 있겠지만 이제 와서 그럴 수도 없지.

"자, 덤벼보라고! 이 더스트 님께서 상대해주마!"

나는 고함을 질러서 고블린들의 주목을 모은 후 검을 크게 휘둘렀다.

이번 목표는 이놈들을 쓰러뜨리는 게 아니다. 이렇게 적들이 내 뒤편으로 가지 못하도록 견제하기만 하면 된다.

선두에 있는 고블린 두 마리는 움츠러들었지만 다른 고블린이 측면에서 나를 공격했다.

어찌어찌 검으로 공격을 막아냈으나 반대편에서 달려든 고블린이 휘두른 곤봉을 피할 방법이 없었다.

나는 공격을 당할 것을 각오했지만 아무리 기다려도 고통이나 충격이 느껴지지 않았다. 그 대신 고블린이 털썩 지면에 쓰러졌다.

그 고블린은 외상이 없었고 바닥에 쓰러진 채 코를 골면서 자고 있었다.

"더스트 씨, 괜찮으세요?! 『슬립』이 통해서 다행이에요~."

로리 서큐버스는 가슴을 쓸어내리며 안도했다.

저 녀석이 마법으로 재운 건가.

"꽤 하잖아, 로리 서큐…… 로리사!"

내가 엄지를 치켜들자 로리 서큐버스는 멋쩍어 하면서도 나와 같은 자세를 취했다.

"『라이트닝』!! 지금은 칭찬이나 하고 있을 때가 아니거든?!"

내 뒤편에서 번개가 치더니 그 번개를 정통으로 맞은 고블린이 연기를 피우며 쓰러졌다.

"덕분에 살았어, 린! 자, 단숨에 해치우자!"

7

융융의 도움을 받지 않고도 고블린 무리를 해치웠다.

전투가 시작되자마자 고블린 두 마리를 전투불능 상태로 만든 게 큰 도움이 됐다. 게다가 로리 서큐버스가 의외로 도움이 되어서 꽤 놀랐다.

직접적인 공격마법은 쓰지 못하지만 『슬립』, 『패럴라이즈』 같은 마법으로 멋지게 활약하며 크게 도움이 되었다.

"정말 대단하네요! 여러분, 수고하셨어요."

내가 시킨 대로 나서지 않고 견학을 하고 있던 융융이 자기 일처럼 기뻐했다.

그 모습을 보고 린과 로리 서큐버스도 마음속의 응어리가 풀렸는지 세 사람은 화기애애하게 이야기를 나누고 있었다. 남자인 나는 완전히 없는 사람 취급을 당하고 있었다.

호위대상인 마을 사람이 마차 밖으로 고개를 내밀어 주위를 경계하고 있는 모습이 보였다. 저 사람을 이야기 상대로 삼도록 할까.

"고블린은 쓰러뜨렸으니까 안심해도 돼."

"아~, 그런가요! 감사합니다. 의뢰하기 정말 잘했군요! 참, 총 몇 마리였나요?"

"여섯 마리였어."

내가 지면에 쓰러져 있는 시체를 손가락으로 꼽으며 센 후에 그렇게 말하자, 마을 사람은 미간을 찌푸렸다.

만족스러운 표정과는 거리가 머네.

"왜 그래? 숫자가 안 맞는 거야?"

"예. 마을 사람들의 말에 따르면 열 마리 이상의 고블린이 무리를 이루고 있다니까요."

"어이, 사전 정보로는 대여섯 마리였거든?"

의뢰서에도 그렇게 적혀 있었다. 의뢰를 설명해준 마을 사람도 그렇게 이야기했다고.

"이야~, 그게 말이죠. 고블린의 숫자가 많으면 의뢰 비용도 그만큼 비싸지잖아요?"

"그래서 거짓말을 한 거냐……."

"죄송합니다! 노, 노후를 위해 절약을 해야 했거든요!"

"죽으면 노후 걱정 같은 건 할 필요도 없을 테지만 말이야!"

"그건 그렇지만, 우리 아들은 일도 안 하고 집에서 빈둥거리기만 하거든요! 저축이라도 해야 덜 불안할 거라고요!"

"하아, 알았어! 알았으니까 엉엉 울면서 나한테 매달리지 마!"

나이를 먹을 만큼 먹은 남자한테 포옹을 당해도 전혀 기쁘지 않다고…….

내가 필사적으로 그 남자를 떼어내고 있을 때 린 일행이 내 쪽을 쳐다보고 낮은 목소리로 소곤거렸다.

"저 녀석 요즘 수상해. 항상 여자 엉덩이만 쫓아다니는데, 정기적으로 얌전해질 때가 있거든? 전에는 남자가 저 녀석한테 반해서 쫓아다녔다니깐."

"어, 혹시 더스트 씨는 남녀 안 가리는 잡식인가요? 전에 읽은 소설에 남자들끼리 러브러브하는 이야기가 실려 있었는데……."

"아하, 그랬군요."

"어이, 다 들리거든?! 그런 말도 안 되는 소리를 늘어놓지 말라고!"

애초에 로리 서큐버스는 속사정을 알고 있잖아.

그 가게를 이용한 다음 날은 정신적으로 충족되기 때문에 그런 욕구에 사로잡히지 않는다고……

"뭐, 어쩔 수 없지. 돈 문제는 나중에 다시 이야기하기로 하고, 의뢰는 완수하도록 하겠어."

"감사합니다! 감사합니다!"

"기분 나쁘니까, 좀 끌어안지 말라고!"

"""아하."""

"너희도 납득하지 마! 나는 노멀이야! 전에도 이상한 오해 산 적이 있어서, 그런 건 딱 질색이라고!"

나는 고함을 지르며 부정했으나 여자애들은 내 말을 깔끔하게 무시하고 수다를 떨었다.

세 사람이 사이가 좋아진 건 환영할 일이지만 나한테 있어서는 좋지 않은 상황 아냐?

내가 저질렀던 일들에 대해 저 녀석들이 이야기하기라도 한다면—.

"그러고 보니, 전에도 바닐 씨와……."

"어, 그런 짓도 했구나. 그건 몰랐어."

"전에는 이런 일도 있었어요……."

안 돼! 이건 진짜 위험한 상황이야!

이 녀석들을 한 자리에 모은 건 내 명백한 실수였다.

"아, 맞다! 이제부터 어떻게 할지 이야기하자!"

나는 억지로 이야기의 주제를 바꿀 수밖에 없었다.

내 험담을 하고 있는 세 사람 사이에 억지로 끼어든 후 앞으로의 방침에 관해 이야기를 늘어놓기 시작했다.

8

"더스트, 이 길이 맞는 거야? 아무리 나아가도 나무밖에 없잖아."

"불만이 있으면 촌장한테 말해. 그 녀석이 이 길이 맞다고 했거든."

그 후 마을 사람들을 무사히 데려다준 우리는 촌장에게 자세한 이야기를 듣고 고블린을 토벌하러 떠났다.

물론 요금 인상 또한 요구했다. 목숨이 걸린 일의 보수를 동정심 때문에 깎아주는 게 이상하니까 말이다.

보수가 적다 싶으면 일에 최선을 다하지 않게 된다. 그게 인간이라는 존재다.

나처럼 농땡이 버릇이 있는 남자는 돈이라는 목적이 없으면 의욕이 나지 않는다. 기사처럼 명예만을 위해 나서는 존재가 아닌 것이다.

"으음, 이 길 끝에 있는 동굴이 고블린의 소굴이 됐다고 하네요. 그곳을 새벽에 습격하는 거죠? 저의 임무는 마법으로 보초를 재우는 거고요. 맞나요?"

로리 서큐버스가 사전 설명을 입에 담으며 확인을 했다.

처음에는 내키지 않아 했지만 자신이 마물 퇴치에 도움이 되는 게 기쁜 것 같았다.

원래부터 자신감이 좀 없는 편이었으니까 말이야. 이런 상황에서 활약을 하며 충실감을 느끼고 있는 것 같았다.

"으음, 제가 마법으로 해치워버릴까요?"

"융융이 나서면 일이 간단해지겠지만, 너는 힘을 온존해 두는 편이 좋을 거야. 성가신 녀석이 고블린 무리 주위를 어슬렁거리기도 하잖아."

"초보자 킬러 말이구나. 전에 마주쳤을 때는 카즈마가 기지를 발휘해서 어찌어찌 됐는데……."

카즈마와 내가 파티를 교환했을 때 두 파티 모두 초보자 킬러와 마주쳤다.

초보자 킬러란 대표적인 졸개 몬스터인 고블린이나 코볼트를 미끼로 삼으면서, 그것들을 퇴치하러 온 모험가를 노리는 성가신 마물이었다.

이기지 못할 정도로 세지는 않지만 강적인 건 틀림없다.

"알았어요. 가능한 한 마법을 쓰지 않고 주위를 경계할게요!"

융융의 실력이라면 손쉽게 이길 수 있을 것이다. 보험 삼아 대기시켜 두기만 해도 고블린 퇴치의 부담이 꽤 줄어들어서 마음이 편해졌다.

"아, 잡담은 그만해야겠는걸. 소굴 근처에 도착했어."

나는 손짓으로 동료들에게 몸을 숙이라는 지시를 내린 후 앞장을 섰다.

그리고 커다란 나무 뒤편에서 고개를 쑥 내밀어 고블린의 소굴을 살펴보았다.

"동굴은 있지만, 보초가 없네."

산의 경사면에는 커다란 구멍이 나 있었고 그 앞의 지면에는 발자국이 존재했다.

고블린이 이곳을 거점으로 삼았던 것은 틀림없다. 하지만 귀를 기울여도 초목이 바람에 흔들리는 소리만 들렸다.

고블린 몇 마리가 퇴치당한 바람에 경계심을 품고 도망간 것일까?

나는 고개를 돌려서 동료들에게 기다리라는 지시를 내린 후 동굴 앞으로 이동했다.

안쪽을 살펴보니 생각했던 것보다 넓었으며 말린 초목을 깔아서 만든 잠자리도 보였다.

그 공간에는 고블린이 한 마리도 존재하지 않았다. 그야말로 빈집이다.

"어이~, 아무도 없으니까 나와도 돼."

나는 동료들을 불러서 동굴 안과 주변을 살폈지만 무언가가 이곳에서 산 듯한 흔적만 존재했다. 그 무언가는 보이지 않았다.

"짐이 꽤 남아있는걸. 그리고 내부가 꽤 어지럽혀진 상태야. 허둥지둥 이곳을 떠난 것처럼 보이지 않아? 린은 어떻게 생각해?"

"응. 네 말이 옳은 것 같아. 소굴을 옮긴 거라기에는 식량을 두고 간 게 말이 안 돼."

우리 둘은 동굴 안을 살펴보면서 고개를 갸웃거렸다.

동료들이 돌아오지 않는 것을 미심쩍어할 수는 있으나 이건 느닷없이 위기가 닥쳐와서 도망친 느낌에 가까웠다.

"다른 모험가와 마주친 걸까?"

"마을 사람의 말에 따르면, 우리 말고는 모험가를 고용하지 않은 것 같았어."

"더, 더, 더, 더, 더스뜨 띠이~."

로리 서큐버스가 내 등을 연타하면서 그렇게 말했다.

"내 이름은 그렇게 재미있는 발음이 아니거든? 그리고 지금 진지한 이야기를 나누고 있으니까, 좀 기다려봐."

"더, 더, 더, 더스트 씨이~!"

이번에는 융융이 내 등을 세차게 때리기 시작했다.

융융까지 뭐하는 거야. 너는 레벨이 높아서 이렇게 그냥 때리는 것도 꽤나 아프다고.

"그~러~니~까~, 내 이름 정도는 제대로 부르라고. 그리고 지금 진지한 이야기 중이니까 방해 좀 하지 마!"

오랜만에 진지하게 조사하며 고찰 중인데 왜 하나같이 나를 방해하는 거냐고…….

린도 어이없어 하고……. 어? 왜 뒤편을 쳐다보면서 딱딱하게 얼어붙어버린 거지?

내가 그런 생각을 하고 뒤를 돌아보니 진한 녹색을 띤 커다란 머리가 나무 사이로 이쪽을 쳐다보고 있었다.

가지런하고 날카로워 보이는 이빨과 머리에 달린 두 개의 뿔이 눈에 들어왔다.

그리고 나무를 밀어서 쓰러뜨린 뒤 모습을 드러낸 그 상대는 거대한 도마뱀을 연상케 하는 형태를 지녔다.

이 세상에서 모르는 사람이 없을 만큼 유명하고 두려움의 대상이 되고 있는 마물— 드래곤.

"드, 드래고곤! 저런 게 왜 여기 있는 거야?!"

린은 너무 놀랐는지 괴상한 이름을 외쳐대고 있었다.

세 사람은 새하얗게 질린 얼굴로 부들부들 떨고만 있을 뿐 무기를 치켜들지도 못했다.

몸집과 비늘의 색깔을 볼 때, 꽤 고령의 드래곤 같았다.

"오~, 꽤 멋지게 자란 드래곤이네."

"최강의 마물인 드래곤이 나타났는데, 너는 왜 이렇게 차분한 거야?!"

린이 내 멱살을 잡고 마구 흔들어댔다.

다른 두 사람은 너무 겁을 먹은 나머지 그런 짓을 할 기운도 없어 보였다.

"어쩔 수 없군. 내가 미끼 역할을 맡을 테니까, 너희는 그 틈에 도망쳐. 그리고 뒤돌아보지 마. 시선을 마주한 채 물러서다가 어느 정도 거리가 벌어지면 냅다 뛰라고. ……알았지?"

나는 앞으로 나선 후 무기를 쥐지 않은 손으로 그녀들에게 물러나라는 지시를 내렸다.

고블린들은 이 드래곤과 마주치고 이 동굴을 버린 것이리라. 아니, 어쩌면 이 동굴의 원래 주인이 이 드래곤일 가능성도 있다.

"너, 왜 이렇게 차분한 거야?! 지금은 폼 잡을 때가 아니거든?! 너도 빨리 도망쳐! 또 잡아먹히면 어쩌려고 그래?!"

린은 걱정 어린 목소리로 그런 독설을 외쳤다.

"맞아요! 더스트 씨야말로 물러서세요. 호, 홍마족 제일의 마법사인 제가 이, 이참에 드래곤을 해치우고 『드래곤 슬레이어』의 칭호를 손에 넣어서 메, 메구밍에게 자랑할 거예요!"

갓 태어난 사슴처럼 부들부들 떨면서 용케 그런 소리를 늘어놓네.

"더스트 씨도 같이 도망쳐요! 당신이 죽으면 곤란하단 말이에요! 더스트 씨가 죽으면 누가 저한테 연기지도를 해줄 거냐고요! 게다가 아직 저한테 빌려간 돈을 전부 갚지 않았잖아요!"

내 지도 덕분에 요즘 들어 지명해주는 손님이 늘어난 로리 서큐버스는 진심으로 나를 걱정해주는 것 같았다.

"아, 나한테 진 빚도 갚아!"

"전에 같이 밥 먹었을 때, 더스트 씨의 식비를 제가 대신

냈거든요?!"

세 사람은 내 소매를 잡더니 같이 도망가자고 외쳤다.

평소에는 불평만 늘어놓지만 여차할 때는 상냥하다니깐.

……돈 갚으라는 소리는 못 들은 걸로 해야겠다.

"죽지는 않을 테니까 걱정하지 마, 나, 이래 봬도 드래곤에 대해서는 좀 해박한 편이거든. 나 혼자라면 어떻게든 돼. 애초에, 내가 동료를 위해 목숨을 바치며 싸울 거라고 생각해? 다 살 길이 있으니까―."

동료들이 도망치도록 내가 그렇게 둘러대자 린은 내 말을 끝까지 들어보지도 않고 손뼉을 치며 고개를 끄덕였다.

"그것도 그러네. 다들, 도망치자!"

"아, 예. 더스트 씨가 남을 위해 자신을 희생할 리가 없긴 해요. 분명 저희 앞에서는 할 수 없을 만큼 야비하기 그지 없는 수단이 생각난 게 틀림없어요. 아, 혹시 바닐 씨가 이 근처에 숨어 있는 거 아니에요?"

"저도 같은 생각이에요!"

저 녀석들, 순순히 납득하네……. 내 걱정도 좀 해주면 덧나?

지금은 내 멋진 대사를 듣고 저 녀석들이 나를 다시 봐야 하는 상황 아냐?

"하아! 제발 부탁이니까, 빨리 도망치기나 해!"

내가 고함을 지르자 세 사람은 고개를 끄덕이고 내달렸다.

"너만 믿을게!"

방금 그 말은 린이 한 걸까. 그 한 마디를 들으니 의욕이 나는걸.

나는 우리를 가만히 지켜보고 있던 드래곤을 향해 검도 치켜들지 않은 채 다가갔다.

드래곤은 경계하듯 콧김을 뿜더니 입을 크게 벌리고 으르렁거렸다.

하지만 눈동자의 크기에는 변함이 없으며 공격적인 면도 드러내지 않았다.

"자, 이제 관두기는 했지만 드래곤이 상대라면……."

나는 무방비한 상태로 드래곤에게 다가갔다.

9

내가 드래곤을 어찌어찌한 후에 그 세 사람을 쫓아가보니 그녀들은 뜻밖에도 근처에 있었다.

이 녀석들, 내가 걱정되어서 도망치지 않은 건가?

"그런데, 정말 괜찮을까요? 더스트 씨 혼자서 드래곤을 상대할 수 있을 리가 없어요. 역시 저도 가세하러 가겠어요! 상급 마법이라면 드래곤에게도 통할 거예요!"

"관둬. 아마 괜찮을 거야. 더스트는 매사에 대충이고, 남을 속여서 자기만 득볼 생각만 매일 같이 해대지만, 때때로 그 녀석의 바닥이 보이지 않을 때가 있거든."

"바닥이 보이지 않는다고요? 더스트 씨의 엉큼한 마음에는 한도 끝도 없는 것 같기는 한데⋯⋯."

왠지 모습을 드러내기 힘든 분위기네.

나무 뒤편에 숨어서 상황을 지켜보기로 할까.

"뭐, 그 말에는 동의해. 하지만 뭐랄까, 때때로 위화감 같은 게 느껴진다고 할까, 말로 표현하기 힘들지만, 더스트가 멀쩡해 보이는 순간이 있거든⋯⋯. 뭐, 내 착각이겠지만 말이야."

"그런가요? 더스트 씨한테서는 친구와 함께 헌팅을 하거나, 술에 찌들어 있거나, 남한테 시비를 거는 이미지뿐인데 말이에요."

"저도 동감이에요. 가게에서도 제 동료의 엉덩이만 쳐다보며, 엉큼한 표정만 짓고 있거든요. 하지만⋯⋯ 오래 알고 지낸 린 씨만 알 수 있는 무언가가 있을지도 몰라요."

세 사람은 서로를 쳐다보고 쓴웃음을 지었다.

할 말 못할 말 안 가리고 다 늘어놓네!

이렇게 지적을 당하니 좀 뜨끔하지만 그래도 반성은 안 할 거라고!

"어이, 내 걱정 좀 해주면 안 되는 거냐?"

"""앗!"""

그녀들은 모습을 드러낸 나를 일제히 쳐다보고 한순간 울음을 터뜨릴 듯한 표정을 지었지만, 곧 안도 섞인 표정을 지었다.

"생각했던 것보다 빨리 돌아왔네. 드래곤은 어떻게 했어?"

"그 녀석이라면 이제 걱정하지 않아도 돼. 어딘가에서 마물이나 모험가와 한바탕한 직후인지, 다리에 검이 꽂혀 있더라고. 그걸 뽑아줬더니 이걸 주지 뭐야."

나는 그렇게 말하면서 드래곤에게 받은 귀금속과 돈주머니를 보여줬다.

드래곤은 빛나는 물건을 모으는 습성이 있기 때문에 드래곤을 해치우고 보물을 손에 넣는 경우가 있다. 그래서 명예와 보물을 손에 넣기 위해 드래곤에게 도전하는 녀석들이 있을 정도였다.

잘 알려져 있지는 않지만 머리가 좋은 드래곤은 인간을 따르기도 하고 간단한 의사소통 또한 가능하다.

"어, 교섭한 거야?! 머리가 좋은 드래곤이 있다는 이야기는 들은 적이 있지만……. 진짜였구나. 옆 나라에는 드래곤을 길들여서 함께 싸우는 드래곤나이트가 있다니까, 교섭을 하는 것도 불가능하지는 않을 거야."

"저도 드래곤나이트 이야기는 들은 적이 있어요! 전에 이리스 양한테서 들었어요. 하급 귀족 청년이 최연소 드래곤나이트라는 레어 직업이 되었다죠?! 왕국제일의 창잡이에 미남일 뿐만 아니라 성실한, 그야말로 기사의 귀감 같은 분이라고 들었어요!"

표정이 환해진 융융이 흥분한 목소리로 그렇게 말했다.

융융, 방금 그 말에는 네 망상이 섞인 거 아냐?

"드래곤나이트라~. 왕국제일의 창잡이구나~."

린은 뭔가 할 말이 있는 표정으로 나를 쳐다보았다.

"미남에 성실해? 완전 나네!"

""아니거든요?""

융융과 로리 서큐버스가 한 목소리로 그렇게 말했다.

린은 도끼눈으로 나를 쳐다보더니 「말도 안 돼」라고 중얼거리면서 어깨를 으쓱한 후, 땅이 꺼져라 한숨을 내쉬었다.

"뭐, 좋아. 그것보다 꽤 돈이 되겠네. 완전 대박이야!"

이 정도 돈이면 히드라와 싸울 때 녹아버렸던 옷과 도구를 보충하고도 남으려나.

"에이~, 얌전한 드래곤이었던 건가요. 그럼 드래곤 슬레이어가 될 찬스였던 거네요. 메구밍이 분통을 터뜨리는 모습을 볼 기회를 놓쳤네요~."

융융은 툭하면 메구밍 이야기를 하는걸. 라이벌 의식을 가지고 있기도 하겠지만 그것보다 사이가 좋기 때문이겠지.

"전원이 무사하니까, 그걸로 된 거 아닐까요? 아무튼, 이걸로 의뢰는 완수했네요."

로리 서큐버스는 이번 일로 자신감을 조금 얻은 것 같아 보이네. 같이 모험을 하기 전보다 당당해진 것처럼 보여.

꽤 일이 커지기는 했지만 드래곤은 한동안 그 동굴에 머물며 상처를 치유한 후, 인적 드문 곳으로 갈 테니 딱히 문제될 것은 없다.

머리가 좋은 드래곤이니까 말이야. 쓸데없이 인간을 적으로 돌리지는 않을 거라고…….

"그럼 돌아가자. 처음 짠 파티치고는 꽤 잘 풀린 것 같지 않아?"

"응. 평소보다 더 순조로웠던 것 같아."

나와 린은 얼굴을 마주하며 씨익 웃은 후, 다른 두 사람을 향해 고개를 돌렸다.

"나도 다른 사람과 파티를 짜서 모험을 할 수 있다는 게 증명됐으니까, 이제 메구밍이 내 앞에서 으스대지는 못할 거야!"

"모험은 이런 거군요. 좋은 공부가 됐어요~. 이 경험을 살려서, 꿈을 더 현실미 있고 에로틱하게 만들어야겠어요. 그리고 언젠가 넘버원이……."

이 녀석들, 내 말을 안 듣고 있네.

둘 다 자신만의 세계에 틀어박혀서 자기 할 소리만 늘어놓고 있었다.

뭐, 됐어. 그냥 내버려두자.

"상상했던 것과 다르네."

카즈마는 항상 여자 셋과 함께 모험을 다니는 건가. 이번에 실제로 경험해보니 상상했던 것만큼 좋지는 않은 것 같았다.

실제로 체험을 해보기 전까지는 모르는 것도 존재한다.

"내 절친은 진짜로 대단한 녀석인걸."

여자 세 명에게 둘러싸여 모험하는 것도 편하지는 않네.

이렇게 경험을 해보고서야, 카즈마가 얼마나 고생하고 있는지 알 수 있었다.

오늘 수입으로 술이라도 한 잔 사줘야겠다. ……겸사겸사, 키스와 테일러도 불러볼까. 몸이 좀 괜찮아졌는지 신경 쓰이기도 하니까 말이야.

제3장 저 온천 마을에 관광을

1

"더스트, 나 좀 봐."

평소와 마찬가지로 돈이 될 만한 건수나 괜찮은 여자가 없나 살피며 마을을 산책하고 있을 때, 등 뒤에서 나를 부르는 목소리가 들렸다.

고개를 돌려보니―.

"뭐야, 카즈마잖아. 무슨 일이야?"

빈약해 보이는 몸과 시원찮은 얼굴을 지닌 남자가 눈에 들어왔다.

이렇게 보면 약해빠진 듯한 남자지만 실은 이 마을에서 가장 활약하고 있는 모험가라 해도 과언이 아닌 인물이다.

그리고 내 절친이기도 했다.

"지금 바빠?"

"아니, 한가해. 히드라한테 잡아먹혔다가 네 파티의 장기 자랑 프리스트가 소생시켜주기는 했지만, 그 후로 몸 상태가 영 좋지 않거든. 한동안 쉴까 생각 중이야."

"참, 그랬지. 그 후로 몇 달이 지났는데, 아직도 몸이 안 좋구나. 마침 잘 됐네. 아까 상점가의 경품 추첨 행사에서 아르칸레티아 숙박권을 뽑았거든. 교통비 포함인데, 너 가질래?"

"뭐?! 정말이야?! 나야 주면 좋지! 아르칸레티아라면 휴양지로 유명한 물과 온천의 도시잖아. 나 줘!"

"으, 응. 네가 그렇게 탐을 내니 나도 죄책감이 드는데……."

"뭐야. 다른 꿍꿍이라도 있는 거야?"

카즈마는 쓴웃음을 짓고 있었다.

뭐, 여관에 유령이 나오기라도 하는 거겠지. 그 쪼잔한 잡화점 아저씨가 속해 있는 상점가니까 말이야.

"다른 꿍꿍이가 있는 건 아냐. 그저 여관, 아니, 마을 전체에 문제가 있거든. 더스트라면 의외로 그 마을의 분위기가 적성에 맞을지도 몰라."

"그럼 잘됐네. 하지만 정말 괜찮겠어? 나중에 돌려달라고 해도 안 줄 거야."

"으, 응. 우리 파티는 이미 한 번 가봤거든. 그래서 두 번 다시 가고 싶지 않아."

"하긴, 웬만한 관광지는 한 번 가보면 만족하는 법이잖아."

"그…… 그래."

카즈마는 내 시선을 피하면서 한숨을 내쉬었다.

그 성가신 동료들과 함께 아르칸레티아에 갔다는 이야기

는 전에 들은 적이 있다. 파티 멤버인 세 사람 뿐만 아니라 바닐 나리가 일하고 있는 마도구점의 미인 점주도 같이 갔다고 들었다.

그런 멤버와 온천여행을 가서 아무 일도 없었을 리가 없다. 그래서 카즈마에게 캐물어보니 「떠올리기도 싫어……」라고 말하며 생기를 잃은 표정을 지었기에 더는 추궁하지 않았다.

보통은 부러워해야 마땅할 에피소드겠지만, 카즈마의 반응을 보아하니 아무 일도 없었을 뿐만 아니라 호된 맛만 따끔하게 본 것 같았다.

뭐, 그 문제아들과 같이 갔으니 당연한 걸지도 모른다.

뻔뻔한 표정으로 자기가 여신이라고 주장하는 정신 나간 아크 프리스트…….

머릿속에 폭렬마법을 쓸 생각밖에 없는 정신 나간 아크 위저드…….

공격은 툭하면 빗나가는 데다 자랑거리라고는 맷집뿐이고 마조히스트인 정신 나간 크루세이더…….

"……고생이 많았나 보네."

"이해하는구나!"

내가 상냥한 손길로 어깨를 두드려주자 카즈마는 울먹거리면서 그렇게 외쳤다.

역시 심한 일을 겪은 게 틀림없어 보였다. 하긴 그런 마을에는 두 번 다시 가고 싶지 않겠지.

"상점가에도 표가 남아도는지 숙박권을 여덟 장이나 받았어. 괜찮다면 여덟 장 다 네가 가져."

"오, 고마워. 그럼 사양하지 않겠어."

여덟 명이나 갈 수 있게 됐군. 나, 그리고 같은 파티인 린, 키스, 테일러는 무조건 같이 가기로 하고 남은 네 명은 누구로 할까.

나는 머릿속에 얼굴이 떠오른 몇몇 사람들에게 같이 가자는 말을 해보기로 했다.

먼저 동료들에게 이야기를 꺼낸 다음…… 그 녀석이라면 그 마도구점에 있겠지.

2

"어이. 좀 느닷없는 이야기이기는 한데, 모레 다 같이 여행을 떠나자."

길드의 평소 앉던 자리에서 동료들과 함께 식사를 하던 와중에 내가 그렇게 말하자, 전원이 미심쩍은 눈길로 나를 쳐다보았다.

좀 더 극적인 반응을 보일 줄 알았는데 다들 아무 말 없이 식사를 계속했다.

"어이어이, 반응이 너무 미적지근한 거 아냐?! 키스와 테일러의 휴양을 겸해서 이번 여행을 계획한 거라고. 빈말이라도 나한테 고마워해야 할 거 아냐!"

"더스트. 여행을 갈 거면 비용을 어떻게 할 건데? 딱히 의뢰가 잡혀 있지는 않지만, 너는 자기 여행 비용도 없을 거잖아. 너 혼자만 히드라 퇴치 보수를 못 받았으니까 말이야."

"드래곤한테 받은 보물을 팔아서 마련한 돈도 내가 독단적으로 네 빚을 갚는데 다 써버렸잖아?"

"그래. 멋대로 내 빚을 변제해줘서 참 고맙습니다~!"

"별말씀을요."

나는 빈정거리는 어조로 말을 건넸고 린은 미소를 지으며 그렇게 답했다.

린이 환금을 해오겠다고 해서 믿고 맡겼더니 그녀는 나도 모르는 사이에 환금한 돈으로 내가 진 빚을 갚았다.

뭐, 환금한 돈이 들어올 줄 알고 빚을 더 만들었기 때문에 아직도 빚이 남아있지만······.

아무튼 식사를 멈춘 동료들은 여행을 제안한 나를 미심쩍은 눈길로 쳐다보았다.

"그 점은 안심해도 돼. 돈은 내가 다 부담할 테니까 걱정하지 말라고!"

나는 가슴을 펴고 당당한 목소리로 그렇게 선언했다.

그러자 테일러는 빈정거리는 미소를 지으며 코웃음을 치더니 다시 식사를 시작했다.

"너 말이야. 도박으로 돈 좀 만졌으면 그걸로 빚부터 갚아. 설마 범죄를 저질러서 돈을 번 건 아니겠지?"

"더스트는 도박에 젬병이잖아. 아마 악랄한 짓을 해서 번 돈일 거야."

"왜 도박이나 범죄행위를 했을 거라고 단정 짓는 건데?! 그야한 책을 몇 권 팔아서 번 돈도 있다고. 그리고 여행 비용이 포함되어 있는 숙박권을 카즈마한테서 받았단 말이야!"

내가 그렇게 말하자 방금까지 시큰둥한 반응을 보이던 동료들이 몸을 쑥 내밀었다.

"뭐야. 그럼 그렇다고 빨리 말하란 말이야. 행선지는 어디인데?"

"역시 카즈마 님 만만세네. 며칠이나 머무를 거야?"

"때로는 휴양을 하는 것도 나쁘지 않겠지."

"태도가 180도 달라졌잖아……."

동료들은 내 불평을 무시하고 흥분한 어조로 여행에 관해 이야기하기 시작했다.

아무래도 전원이 참가하려는 것 같았다. 이걸로 나를 포함해 네 명이 확보됐다.

우선 평소에 신세를 지고 있는 그 사람에게 이야기를 꺼내봐야겠다.

"후하하하하하. 마음씨가 참 기특하구나, 빚쟁이 모험가여."

액셀 마을에서 여러 가지 의미로 꽤 유명한 마도구점에 간 나는 바닐 나리에게 숙박권을 건네주며 이야기를 꺼냈다.

미인 점주한테도 같이 가자는 말을 해볼 생각이었지만 아이템을 매입하러 외출했다고 한다. 게다가 전에 카즈마 일행과 함께 아르칸레티아에 갔다고 하니 그냥 포기하는 편이 나을지도 모른다.

"나리한테는 자주 신세를 졌잖아. 그리고 내 돈 안 들이고 생색을 낼 절호의 기회이기도 하거든."

"음흉한 본심을 서슴없이 드러내는 점은 악마가 호감을 가질 포인트이기는 하지. 좋다. 그대의 공물을 받아들이기로 하마. 물과 온천의 도시 아르칸레티아라. 그 게으름뱅이 여신과 인연이 있는 그 마을을 한 번쯤 내 눈으로 직접 봐두고 싶기는 했거든."

"누가 게으름뱅이 여신이라는 거야?!"

우리의 이야기에 끼어든 이는 마도구점의 상품을 멋대로 만지작거리고 있던 카즈마네 프리스트, 아쿠아였다.

나리와 사이가 나쁘다면서 이 가게에는 자주 들락거리네.

"마도구점에서 상품도 사지 않고 차나 얻어 마시며 무능 점주와 노닥거리는 걸 일과로 삼고 있는, 정신 나간 자칭 여신 파랑머리 여자를 가리키는 말이다만?"

"어머~, 여기는 가게였구나. 손님이 있는 모습을 본 적이 없어서, 휴게소 같은 건 줄 알았어~. 미안해~."

아쿠아가 귀엽게 고개를 갸웃거리면서 미안하다는 듯 고개를 숙이자 바닐 나리는 짜증이 치솟은 것 같았다.

"그래, 손님이 없긴 하지. 여기 있는 건 쓰레기와 해충뿐이다."

"나리, 그렇게 치면 나도……."

"저기, 저도 포함되는 건가요……."

내 뒤를 이어 누군가가 말을 한 것 같지만 환청이 들린 거겠지?

"뭐어~?! 누가 해충이라는 거야?! 악마는 해충보다도 못한 존재거든?!"

"네 녀석 같은 식충이와 달리, 이 몸은 쓰레기 청소와 까마귀 처리 등으로 이웃들에게 평판이 좋지. 길드에서 술만 퍼마시는 네 녀석과 같은 선상에 두지 말아줬으면 좋겠군."

"이이이익! 악마면 악마답게 인간에게 민폐나 끼치다 나에게 정화당하란 말이야!"

"민폐를 끼치는 건 사기나 다름없는 짓으로 신도들을 모으려 하는 어느 민폐 종교단체 아닐까?"

"내 험담을 하는 것도 용서 못하지만, 우리 애들 험담은 절대 용서 못해! 으으, 더는 못 참아! 확 이 자리에서 지옥에 처박아버리겠어!"

"교통비도 안 받고 나를 고향으로 보내주겠다는 건가. 처음으로 내 마음에 드는 소리를 하는구나, 이 만악의 근원이여!"

둘 다 분노를 주체할 수가 없는지 서서히 서로에게 접근했다.

완전 일촉즉발의 상황이잖아. 둘 다 문제가 있기는 하지만 실력자인 건 틀림없다.

그런 자들이 이런데서 싸움을 벌였다간 나도 휘말리고 말 거라고!

"마, 맞아! 카즈마가 너를 찾더라고. 네가 숨긴 뭔가가 어쩌고 하던데 말이야."

"그 뭔가가 뭔데? 혹시 카즈마의 운동복을 걸레로 쓴 다음에 빨아둔 게 들킨 걸까? 흥, 오늘은 이쯤에서 용서해주겠어. 목숨 건진 줄 알아!"

아쿠아는 프리스트답지 않은 발언을 입에 담고 가게를 나섰다.

"두 번 다시 오지 마라! 이 역신아. 이익, 소금을 어디에 뒀지?!"

활짝 열렸던 문이 닫히는 사이, 바닐 나리는 작아져 가는 아쿠아의 등을 쳐다보며 고함을 질렀다.

악마에게 민폐 덩어리 취급을 당하는 프리스트도 이 세상에는 존재하는구나.

"그런데 나리. 아까 말했던 그 게으름뱅이 여신은 여신 아쿠아를 말하는 거지?"

"맞다. 그대들은 모르지. 사소한 일이니 개의치 마라. 그 것보다 온천 여행 말인데, 재미있는 미래가 보였으니 기대해도 좋다."

"나리가 그렇게 말하니 불안만 엄습한다고."

내다보는 악마인 나리의 발언이니 무시할 수도 없었다.

일전에 나리가 비슷한 말을 했을 때도 따끔한 맛을 봤으니까 말이야.

"여행을 가서 나쁜 일만 생기라는 법은 없지. 온천하면 혼욕. 그대도 그걸 고대하고 있는 것 같다만, 그 소망은 이뤄질 것이다."

"나리, 그게 정말이야?!"

"남들에게 말할 수 없는 번뇌로 뇌가 가득 차 있는 양아치여. 그 일에 관한 발언을 이 자리에서 더 했다간, 그대에게 재앙이 닥칠지도 모른다."

나리가 내 뒤편을 쳐다보고 그렇게 말해서 그쪽을 쳐다보니, 마도구점의 창가에 있는 융융이 도끼눈으로 이쪽을 쳐다보고 있었다.

지금까지 이곳에 있는 줄도 몰랐다.

"뭐야, 있었어? 외톨이 능력을 너무 갈고 닦아서 존재감마저 지울 수 있게 된 거구나. 대단하네."

"그 말, 칭찬 아니죠?! ……그것보다 방금 그 이야기는 뭐죠? 혼욕을 기대하나 본데, 그런 곳에 들어가는 여성이라고 해봤자 할머니들뿐일걸요? 젊은 여자애가 혼욕에 들어가는 일은 웬만해선 없단 말이에요."

이 녀석, 나를 바보 취급하는 눈길로 이쪽을 쳐다보고 있네.

그녀가 방금 한 말이 옳을지도 모르지만 세상물정 모르는 융융에게 바보 취급 당한 것은 용납이 안 됐다.

"어이, 너는 액셀 마을에 오기 전에는 홍마족의 마을에 틀어박혀서 지냈지? 그런 애가 세간의 상식 같은 소리를 하는 거냐고. 자기가 믿는 상식이 틀렸을 거라고는 생각하지 않는 거야?"

"무슨 소리를 하는 거예요? 일반 상식이라는 건 어디서나 똑같아요! 적어도 저는 메구밍보다는 상식이 있는 편이라고요!"

"홍마족이 세간과 똑같은 상식을 지녔을 거라고 진심으로 생각하는 거구나?"

"윽, 그건……."

융융은 홍마족 중에서도 별종이라는 소리를 듣는 것 같았다.

폭렬걸을 보면 알 수 있지만 일반적인 홍마족은 세간과 센스나 사고방식이 어긋나 있다.

호전적이고, 눈에 띄는 것을 가장 중요시하며, 인사 때마다 부끄럽기 그지없는 대사를 읊는다. 그것은 홍마족에게 당연한 것이다.

그런 환경에서 자랐는데도 상식적인 편인 융융은 그 점을 지적당하면 바로 움츠러든다.

"나는 친구인 너를 걱정하는 거라고. 상식을 모르면 괜히 창피를 당하기도 하니까 말이야. 너는 사람 대하는 게 서툰 편이니까, 다른 사람에게 물어볼 수도 없지? 그러니까 내가 자세하게 가르쳐주려는 거라고."

"더스트 씨는 친구가 아니라 지인이거든요? 그래도 저를 신경써줘서 고마워요."

이 녀석은 남의 말을 잘 믿기 때문에 진짜로 걱정이 될 때가 있다.

……하지만 이번만은 이야기가 다르다. 그 점을 제대로 이용해먹어야지.

"실은 요즘 혼욕이 유행해. 젊은 여자가 혼욕을 이용하는 경우도 흔해. 젊은 시절에 자신의 아름다운 피부를 남에게 보여주는 게 중요하거든. 남자가 피부를 봐주면 몸 내부에서 뭔가 좋은 성분이 샘솟아 나와서 피부가 더욱 윤기 있어진대."

"설명이 너무 대충이라 설득력이 없네요. 엉큼한 걸 기대하고 이런 이야기를 하는 거라는 생각 밖에 안 들어요. 뭐, 저와는 딱히 상관없는 일이지만 말이에요."

"상관있거든? 나리한테 건네준 숙박권이 아직 남아 있으니까 말이야. 한 장 줄까?"

"어, 저한테도 주려고요?!"

융융은 뜻밖이었는지 진짜로 놀란 것 같았다.

내가 숙박권을 건네주자—.

"우와~. 더스트 씨가 준 거라 좀 그렇기는 하지만, 많은 사람들과 함께 여행을 가는 건 처음이에요. 나중에 일기에 써야겠어요!"

융융은 눈을 반짝이며 기뻐했다.

내가 모험을 같이 하자는 제안을 했을 때도 융융이 엄청 기뻐했기 때문에 얼추 예상했으나, 그래도 이렇게 기뻐할 줄은 몰랐다.

……너무 기뻐하니까 약간 질릴 지경이었다.

숙박권을 쳐다보면서 히죽거리던 융융은 갑자기 얼굴을 들더니 손으로 입가를 가리고 겁먹은 표정을 지었다.

"앗, 혹시 제 알몸을 구경하려는 속셈인 건가요?! 저는 그렇게 쉬운 여자애가 아니거든요?!"

"젖내 풀풀 나는 꼬맹이인 네 몸 따위에는 흥미 없어. 네가 혼욕에 들어간다는 소리를 하면, 다른 여자도 덩달아 같이 들어올지도 모르잖아? 나는 그 가능성을 노리는 거라고!"

융융은 몸매가 나쁘지 않지만 너무 어려서 건드릴 마음이 생기지 않았다.

2년만 일찍 태어났다면 딱 좋을 텐데 말이다.

"제 알몸을 보려는 게 아니라니 안심이 되기는 하는데, 그래도 그런 소리를 들으니까 열 받네요!"

"대체 나보고 어쩌라는 거야? 이래서 여자는 성가시다는 거라고!"

나는 옛날부터 여자를 상대하는 게 성가셨다.

"여행에 초대해준 건 솔직히 기뻐요. 하지만 저를 속이려고 해봤자 소용없어요. 더스트 씨가 무슨 소리를 하더라도 절대 혼욕 온천에는 안 들어갈 거라고요."

"멋대로 해."

융융은 입으로는 불평을 늘어놓으면서도 볼은 계속 씰룩거리고 있었다.

출발 날짜를 알려주자 융융은 「여행 준비를 해야겠네요」라고 말하면서 즐거운 발걸음으로 마도구점을 나섰다.

"경지에 이른 외톨이인 소녀는 기분이 좋아 보이는군. 친구로서 대신 답례를 해야겠는걸. 가게 안에서 장기자랑 여신이 난동을 부리는 걸 막아준 것에 대한 답례도 겸해, 이걸 주도록 하지."

나리는 선반에 놓여 있던 작고 동그란 구슬을 테이블 위에 올려놓았다.

손으로 만져보니 탄력이 있어서 말랑말랑했다.

"어이쿠, 조심하도록. 그걸 지면에 집어던지면 깨지는데, 그 안에서 연기가 나온다. 그 연기를 들이마신 자는 사용자에게 반하고 말지. 그야말로 남자의 욕망을 구현시킨 아이템이다."

"뭐?! 그런 꿈만 같은 아이템이 존재하다니…… 거짓말이지?! 나리, 이걸 진짜로 나한테 주는 거야?! 돌려달라고 해도, 절대 안 줄 거라고!"

"악마는 한 입으로 두 말 하지 않는다. 유효하게 활용하도록. 단, 친분이 전혀 없는 타인 상대로는 의미가 없다. 친분이 있는 상대에게만 효과가 있지. 그 점을 명심……."

나리가 무슨 말을 했지만 지금은 그런 말에 귀를 기울일 때가 아니다.

나는 서둘러 대화를 마친 후 마도구점을 뛰쳐나왔다.

"자, 다음은…… 어, 뭐야?"

길을 걷다 보니 어깨 쪽에서 충격이 느껴졌다.

딴 생각을 하면서 걷다 누군가와 부딪친 것 같았다.

"눈을 어디다 달고 다니는 거야? 어린 여자애의 몸통박치기라면 상냥히 받아줄…… 윽, 그때 그 녀석이잖아."

귀에 익은 목소리라 생각하고 고개를 돌리자 삼인조 남자들이 일제히 고개를 돌렸다.

얼굴은 한순간만 보였지만 왠지 낯이 익은데?

"어이, 어디서 나를 본 적 없어?"

"기분 탓일 걸요? 두목도 그렇게 생각하죠?"

"이 멍청아! 두목이라고 부르지 말라고."

작은 목소리로 다투고 있는걸. 후덥지근한 남자들끼리의

대화에 관심이 없기에 「그래? 그럼 됐어」라고 말한 뒤 이 자리를 벗어났다.

평소 같으면 시비라도 걸어서 푼돈이라도 뜯어냈겠지만 이 마법의 구슬을 어떻게 써먹을지 생각하느라 바빠서 다른 데 정신을 팔 수가 없었다.

"이 안의 연기를 마신 상대는 나한테 반하는 거지? 그렇다면 효과적인 상황에서 써먹는 게 좋겠지. 여자 목욕탕이나 술집에서 쓰면 재미있을 것 같은데, 아는 사람한테만 효과가 있는 거구나……."

그렇다면 가장 효과적인 건, 알고 지내는 여성들이 모여 있을 때 사용하는 것이다.

그런 상황을 만들기 위해 남은 숙박권 두 장을 잘 써야지!

"뭐, 그래도 방법은 하나뿐이겠지."

알고 지내는 여자들을 여행에 동행시킨다. 그리고 여자들이 모여 있는 자리에서 이걸 써서 전원이 나에게 반하게 만든다. ……내가 생각해도 완벽한 작전인걸.

그렇다면 남은 두 사람을 누구로 할지가 문제다.

알고 지내는 여자 지인 하니 다른 모험가들이 머릿속에 떠올랐지만 그렇게 친하지는 않다.

나는 모험가들과 접점이 많은 편이 아니다. 특히 여성 모험가는 나와 거리를 두기 때문에, 그냥 인사를 나누기만 하는 사이다.

머릿속에 여성 모험가 세 명이 떠올랐지만 나는 바로 머릿속에서 지웠다.

그 녀석들은 카즈마에게 맡기기로 했다.

"이제 두 명 남았으니까, 엄선해야겠는걸."

"저기, 더스트 씨. 가게 앞에서 혼잣말 좀 주절대지 말아줄래요?"

귀에 익은 목소리가 들려서 고개를 들어보니 빗자루를 들고 가게 앞을 청소하고 있던 로리 서큐버스와 시선이 마주쳤다.

나는 무의식적으로 서큐버스 가게 앞으로 온 것 같았다.

"너구나~. 으음, 몸매가 밋밋한 네가 나한테 반해도 딱히 기쁠 것 같지는 않은데……."

"다짜고짜 무례한 소리를 하네요. 하늘이 두 쪽 나도 더스트 씨 같은 사람을 좋아하게 되지는 않을 테니까 안심하세요. 제가 동경하는 사람은 바로 바닐 님이란 말이에요!"

그러고 보니 서큐버스들 중에는 나리의 팬이 많았지.

서큐버스들은 자신보다 고위의 존재인 나리를 동경하는 것 같았다.

이 녀석은 나리가 같이 간다는 걸 알려주면 바로 따라올 것 같았다. 꼬드기는 건 간단할 것 같지만 이득이 있을까.

"너, 다른 서큐버스와 사이가 좋아?"

"갑자기 무슨 소리를 하는 거예요? 뭐, 나쁘지는 않아요.

요즘은 음몽 관련으로 인정받고 있기도 하고요."

"조그마한 가슴을 억지로 펴봤자 커보이지는 않는다고. 그리고 그건 내 덕 아냐?"

확실히 요즘 들어 로리 서큐버스가 보여주는 꿈이 점점 야해지고 있다. 그것은 인정한다.

하지만 그것은 내가 지금까지 로리 서큐버스에게 조언해 준 내용을 그녀가 실행에 옮기고 있기 때문이었다.

"윽, 그건 사실이라 부정을 못하겠네요. 하지만 저는 더스트 씨와 다르게 진짜로 친구가 많은 편이기는 해요."

"나도 친구는 많다고. 테일러, 키스, 린, 카즈마에 융융. 그리고…… 그리고……."

"또 누가 있죠?"

"자, 잠깐만 있어봐. 있어보라고! 더 있을 거야! 내가 사기를 칠 때 도와주는 동료도 잔뜩 있단 말이야."

"그건 친구가 아니거든요? 저는 친구가 잔뜩 있다고요~. 서큐버스들과는 사이가 좋고, 꿈을 보여준 모험가 여러분도 마을 안에서 마주치면 친근하게 말을 걸어줘요."

융융과는 정반대구나.

잘 생각해보니 융융보다는 이 녀석의 교우관계에 기대를 거는 편이 나을 것 같았다.

로리 서큐버스 이외의 서큐버스는 확 끌어안고 싶을 만큼 야한 몸매를 지녔다. 우선 이 녀석을 나에게 반하게 만든 다음에 친구를 소개시켜달라고 하는 것도 괜찮을 것 같네!

"좋아, 이걸 줄게."

"이게 뭔데요? 아르칸레티아의 숙박권인가요. 으음, 지금은 돈이 없어서 못 사는데요?"

"파는 게 아니라 주는 거라고. 얼마 전에도 너한테 신세를 졌잖아. 게다가 꿈에서도 신세를 지고 있으니까, 이 정도는 하게 해줘."

"왠지 엄청 수상쩍네요. 게다가 아르칸레티아라면 그 유명한 마을 맞죠?"

더러운 거라도 만지듯 손가락으로 집지 말라고…….

왜 이 녀석들은 하나같이 남의 호의를 순순히 받아들이지 못하는 거야.

"안 갈 거면 됐어. 바닐 나리도 같이 가는데 말이지."

"갈게요! 언제 가죠?! 지금 바로 출발하나요?! 아니면 내일 가나요?!"

"지, 진정해! 좀 진정하라고!"

흥분한 로리 서큐버스를 어찌어찌 달래고 언제 출발하는지 알려주자 그녀는 그대로 가게 안으로 뛰어 들어갔다.

"바닐 님이 좋아할 만한 옷을 사러 가야지!"

문 너머에서 흥분에 찬 목소리가 들려왔다.

나리의 인기를 질투할 것만 같지만 로리 서큐버스도 나에게 감사하는 것 같으니 잘됐다고 생각하며 자기 자신을 납득시켰다.

이제 숙박권은 딱 한 장 남았다.

여자 지인 중에 같이 여행을 갈 만큼 친분이 있는 상대가 또 없을까.

바로 그때, 나는 한 여성의 얼굴이 머릿속에 떠올랐다.

지금 멤버 구성으로는 색기가 부족했다. 그러니 그녀를 끌어들일 수만 있다면 혼욕에 대한 기대감이 곱절로 늘어날 것이다.

아마 무리겠지만 일단 시도라도 해보는 편이 좋겠지.

4

"메구밍, 내 이야기 좀 들어봐. 누가 나보고 같이 여행을 가자고 했어."

"대체 어떤 수상한 권유를 받은 거죠? 아니면 여행권을 강매당한 건가요? 제가 같이 가서 돈을 돌려받아줄게요."

홍마족 두 명이 모험가 길드 인근의 도로변에서 이야기를 나누고 있었다.

말을 걸었다간 성가신 일에 휘말릴 것 같은 느낌이 들었다. 들키지 않게 기척을 숨기고 몰래 이동할까.

"딱히 강매 같은 걸 당한 건 아냐! 남자한테 숙박권을 선물 받은 것뿐이거든?!"

"상대는 누구죠? 어차피 「친구가 되어줄 테니, 숙박 업소에 가서 잠시 쉬자」 같은 소리를 들은 거죠? 좀 상냥하게 대해준다고 넙죽넙죽 따라가지 말아주세요."

"메구밍은 대체 나를 어떤 애라고 생각하는 거야?!"

"가지고 놀기 쉬운 여자요."

"그건 내가 아니라 메구밍이잖아! 나한테 같이 여행을 가자고 한 사람은 어엿……한……."

"제 눈을 보며 말해보세요! 요즘 들어 융융이 금발 양아치와 친하게 지낸다는 소문을 저도 들었는데, 사실이 아니죠?!"

한심한 일로 다투고 있었다.

융융은 자신을 마구 흔들어대고 있는 폭렬걸과 시선을 맞추지 못한 채, 식은땀을 흘리면서 변명을 늘어놓고 있는 것 같았다.

그냥 나한테 받았다고 실토하면 될 텐데 말이다.

"어차피 여행을 가자는 말을 들었다는 것도 거짓말이죠? 저와 카즈마가 같이 목욕을 했다는 이야기를 듣고 조바심이 난 나머지, 그런 말도 안 되는 망상을 저한테 늘어놓은 거잖아요. 무리하지 않아도 돼요……. 융융에게 어른의 계단은 아직 이르니까요."

"아, 아냐! 사실이란 말이야! 상냥한 표정으로 쳐다보지 마!"

그런 두 사람을 무시하고 모험가 길드에 들어간 나는 주저 없이 카운터로 향했다.

그리고 카운터를 담당하는 루나 앞에 서서 그녀를 지그시 내려다보았다.

가슴 계곡이 확연하게 보이는 이 각도가 정말 끝내준다니깐.

"더스트 씨, 무슨 일이시죠?"

루나는 미소를 짓고 있지만 목소리에서는 묘한 박력이 느껴졌다.

그리고 루나가 가슴 언저리를 가렸기에 나는 그녀의 가슴 계곡을 감상하는 것을 관두고 본론에 들어갔다.

"항상 고생이 많네. 매번 성가신 일을 처리하느라 피곤하지? 게다가 가슴이 무거워서 어깨도 결리지 않아?"

"서슴없이 성희롱 발언을 하지 말아주셨으면 좋겠군요. 뭐, 어디 사는 누구 씨가 경찰관을 때리거나, 치한 행위를 해서 체포되거나, 사기 미수 등의 문제를 일으키지 않는다면, 저도 좀 편할 테죠."

"그런 녀석이 있는 거야? 다음에 내가 그 자식한테 설교를 해줄게."

내가 폼을 잡으면서 그렇게 말하자 루나는 땅이 꺼져라 한숨을 내쉬었다.

많이 피곤해 보이는걸.

"됐어요, 정말. 그런데 오늘은 무슨 일이죠? 의뢰를 찾고 있나요?"

"아, 그런 게 아냐. 오늘은 너한테…… 루나한테 볼일이 있어. 나와 같이 온천여행 안 갈래?"

"어, 느닷없이 무슨 소리를 하는 거죠? 헌팅이라면 다른데서 하세요. 저는 바쁘단 말이에요. 농담이 아니더라도, 제가 며칠이나 연달아 쉴 수 있을 리가 없잖아요. 여행이 뭐죠? 먹는 건가요? 저를 놀리는 거죠? 맞죠? 헛소리 좀 작작 해주지 않겠어요?"

얼굴에서 웃음기가 싹 사라진 루나가 울먹거리면서 카운터 너머로 몸을 쑥 내밀었다.

"저도 여행을 가고 싶어요! 모험가들이 일으키는 문제와 사고를 처리하느라, 저의 귀중한 시간이 사라지고 있단 말이에요! 동료들은 하나같이 결혼 퇴직을 하고 있는데, 저만 이렇게……."

루나는 꽤 스트레스가 쌓였던 건지, 불평불만을 끝도 없이 늘어놓았다.

이런 상황에서는 자신의 의견 같은 건 아무 짝에도 쓸모없다. 그저 이야기를 듣는 역할에만 집중해야 한다. 그것이 올바른 대처방법이라는 것을 바닐 나리가 가르쳐줬다. 그리고—.

겨우겨우 해방되었을 때는 지칠 대로 지친 나머지, 루나와 함께 여행을 갈 마음이 완전히 사라졌다.

나는 창가 자리에 무너지듯 주저앉은 후 테이블에 넙죽

엎드렸다.

"피곤해 죽겠네. 남은 한 장은 그냥 버릴까……."

꼭 숙박권을 전부 다 쓸 필요는 없다. 한 장 남아도 문제 될 것은 없었다.

"저기, 숙박권이 남았다면 나 주지 않을래?"

귀에 익은 목소리가 들려서 고개를 들어보니 볼에 흉터가 있는 은발 여자 도적이 눈에 들어왔다.

"마조히스트 여기사와 사이가 좋은 도적이네. 참, 일전에 카즈마한테 팬티를 빼앗긴 적도 있었지?"

"오해 사기 딱 좋은 발언 좀 하지 말아줄래?! 내 이름은 크리스야!"

"아, 그런 이름이었지. 그런데 숙박권 이야기는 어디서 들 은 거야?"

"루나 씨와 네가 난리를 피우는 소리를 듣고 알았어."

그것도 그런가. 울먹거리면서 온천에 가고 싶다, 온천에 들어가서 몸과 마음을 치유하고 싶다고 루나가 그렇게 외쳐 댔으니까.

"숙박권이 가지고 싶어? 그럼 줄게. 알아서 해."

"어, 이유도 안 묻고 주는 거야? 실은 아르칸레티아에 볼 일이 있거든. 그래서 나로서는 잘 된 거기는 한데, 진짜로 이렇게 순순히 줄 거야?"

"이제 생각하는 것도 귀찮아. 팔든, 태우든, 화장실 휴지

로 쓰든, 알아서 해.”

“그래? 그럼 감사히 받을게. 다른 볼일이 있으니 너희보다 늦게 갈 것 같으니까, 나를 기다리지 말고 먼저 가.”

나는 고개를 드는 것도 귀찮아서 이마를 테이블에 댄 채 손만 흔들어댔다.

일단 숙박권은 전부 나눠줬다. 이제 당일까지 기다리기만 하면 되려나.

동행할 여성 멤버들을 떠올린 나는 그들 사이에 존재하는 공통점을 깨닫고…… 절망했다.

“전부 가슴이 납작하네. 그나마 나은 게 융융인 거냐.”

온천의 즐거움 중 하나가 줄고 말았다.

5

승합마차 대기소에서 동료들을 기다리자 내가 숙박권을 나눠준 이들이 속속 모였다.

“여, 여행에 권유해 주셔서 고마워요! 별건 아니지만 받아 주세요!”

사람 한 명이 들어가고도 남을 만큼 커다란 짐을 멘 융융이, 함께 여행을 가는 이들에게 선물 같아 보이는 것을 나눠줬다.

성실하기도 하지만 여전히 사람 사귀는 데 익숙하지 않나 보네.

"이렇게 신경 쓰지 않아도 돼."

"그래. 그러고 보니 너와는 지금까지 접점이 없었네. 나는 키스라고 해."

"나도 자기소개를 해둘까. 크루세이더인 테일러라고 한다."

"자기소개를 해주셔서 감사해요! 저기, 저는……."

내 동료들과 융융은 잘 지낼 수 있을 것 같았다. 이 일을 계기로 저 녀석의 외톨이 기질이 좀 완화되면 좋겠는데 말이야.

그러고 보니 키스와 테일러가 컨디션이 나빠진 후로 일주일이 지났나. 뭐가 어떻게 된 건지 캐물어봤더니 두 사람 다 갑자기 몸이 나른해지면서 의욕이 사라졌다고 말했다.

지금은 몸이 괜찮아진 것 같고 이 온천여행을 고대하고 있는 것 같았다.

"좀 늦었나. 무능 점주를 꾸짖는데 너무 시간을 들인 것 같군."

"바닐 님은 얼마든지 남들을 기다리게 해도 돼요!"

어이쿠, 나리와 로리 서큐버스도 왔잖아.

턱시도 차림에 가면을 쓴 남자, 그리고 항상 복장에 신경을 쓰는 소녀가 모습을 드러냈다. 저 두 사람이 나란히 서 있으니 부모자식 같아 보였다.

"그걸 어떻게 쓸지 고민하느라 어제 거의 잠을 자지 못한 남자여. 이제 일행 전원이 다 모인 것이냐?”

“나리, 그건 비밀로 해달라고! 실은 한 명 더 있는데 나중에 합류할 테니 먼저 가라고 했어. 그럼 출발하도록 할까.”

즐거운 여행이 되면 좋겠는데 말이다.

“아, 여행을 떠나기 전에 마차에 어떻게 나눠 탈지부터 정해야겠네. 4인용 마차 두 대에 나눠 타자. 마차 하나에는 나와 린, 융융, 로리사가 타면 되겠지.”

“헛소리 하지 마~! 자기만 여자들에게 둘러싸여 즐거운 여행을 하려는 거냐?! 너는 전에도 그 멤버로 하렘 모험을 즐겼잖아! 진짜 약아빠졌다니깐! 왜 너만 득을 보는 거냐고!”

“아, 알았어! 알았다고, 키스! 눈물이랑 콧물을 나한테 묻히지 마!”

나는 울먹거리며 내 멱살을 움켜잡은 키스를 떼어냈다.

테일러가 아무 말도 하지 않는 것을 보면 딱히 불만이 있지는 않은 것 같았다.

바닐 나리는 키스한테서 뿜어져 나오는 악감정을 즐기면서 만족한 것처럼 보였다.

여자들은—.

“제비뽑기나 가위 바위 보로 정하자. 그게 공평하지 않겠어?”

“저, 저도 그 편이 좋을 것 같아요.”

“저도 찬성이에요! 제비뽑기가 좋지 않을까요?”

제비뽑기나 가위 바위 보라.

훗, 이런 상황이 벌어질 거라고 일찌감치 예측했었지.

"어쩔 수 없네. 이렇게 될 것 같아서 미리 제비를 준비해 뒀어. 막대 끝에 빨간색으로 표시가 된 것과 안 된 것이 있으니까, 그걸로 탈 마차를 고르는 거야."

나는 미리 만들어뒀던 제비뽑기용 막대를 짐 안에서 꺼냈다.

통 안에는 막대 일곱 개가 들어 있고 그 막대 끝에는 표시가 되어 있었다.

"너, 의외로 준비성이 좋네."

"우선 여자들부터 뽑아."

나는 그렇게 말하면서 여성들을 향해 막대를 내밀었다.

여자들이 막대를 향해 손을 내밀자 나는 웃음을 참으며 승리를 확신했다.

―사실 나는 이 막대에 손을 써뒀다.

모든 막대에 붉은색으로 표시가 되어 있다. 그것을 여자들에게 먼저 뽑게 한 다음, 내가 뽑는 것이다.

그리고 증거가 남지 않도록 남은 막대들을 처리하면 여자들에게 둘러싸인 즐거운 여행을 할 수 있게 된다.

"아, 나는 빨간색이야."

"저도 빨간색이에요. 바닐 님과 같은 마차에 탈 수 있게 해주세요~. 제발 부탁이에요~."

"저도 같아요! 게임을 잔뜩 가지고 왔으니까, 마차 안에서 같이 해요!"

아무것도 모르는 그 세 사람이 기뻐했다.

이제 내가 막대를 뽑고 남은 막대를 처분하면 된다.

"여자 세 명이 같은 마차에 타게 됐구나. 잘 됐는걸. 그럼 다음은 내가……."

내가 막대를 뽑기 위해 손을 내민 순간, 누군가가 내 손을 움켜쥐었다.

"어이, 키스. 이게 무슨 짓이야? 이 손 놔."

"더스트, 네가 수작을 부린 거지? 다음에 뽑을 사람은 바로 나야."

젠장, 내 계략을 눈치챈 거냐?!

이 녀석과 함께 도박장에 가서 속임수를 쓴 적이 몇 번 있었다. 그래서 내 수법을 눈치챈 것이 틀림없다.

"놔, 놓으라고! 나는 아무 짓도 안 했어!"

"그럼 내가 먼저 뽑아도 되겠네! 진짜로 아무 짓도 안 했다면 말이야!"

나는 키스와 다투다, 들고 있던 제비뽑기용 막대가 든 통을 쏟고 말았다.

통에서 쏟아진 모든 막대의 끝에는 빨간색으로 표시가 되어 있었다.

"역시 사기를 친 거잖아! 이번 판은 인정 못해!"

"더스트, 네가 잘못했어. 다시 하자."

"쪼잔한 짓이나 하는 양아치여. 머리라는 것을 써보는 편이 좋지 않을까?"

키스가 등 뒤에서 내가 꼼짝 못하게 잡고 있는 가운데, 테일러가 막대들을 회수했다.

젠장, 이걸로 나는 사기를 칠 수 없게 됐다……고 다들 생각하겠지?

나는 로리 서큐버스에게 눈짓을 보냈고 그녀는 슬며시 고개를 끄덕였다.

"아, 막대는 저한테 주세요. 끝부분이 빨간 걸 한 개만 남기고, 다른 건 끄트머리를 잘라버릴게요. 그리고 여성들은 그냥 한 마차에 같이 타도 되죠?"

로리 서큐버스는 손에 쥔 나이프로 막대 네 개 중 세 개의 끝부분을 잘랐다.

이것으로 사기를 칠 수 없게 됐다……고 다들 생각할 것이다. 나와 로리 서큐버스 이외에는 말이다.

사실 나는 이 상황을 예상했다.

그래서 나는 로리 서큐버스와 밀약을 맺은 것이다.

나는 여자들에게 둘러싸여 여행을 하고 싶다. 그리고 일전에 받은 마도구를 써서 여자들에게 사랑받고 싶었다.

로리 서큐버스는 내가 협력을 요청하자 성공 보수로 나리와 자신을 같은 방에 쓰게 해달라는 요구를 했다.

"으음, 누구부터 뽑겠어요? 우선 더스트 씨부터 뽑을래요? 괜한 짓을 못하도록 빨리 끝내버리죠."

다들 로리 서큐버스가 나와 한통속일 거라고는 상상도 못 하는 건지 반론을 하지 않았다.

좋아, 계획대로 됐어!

실은 당첨 제비를 가장 왼쪽에 두기로 우리는 미리 말을 맞춰뒀다.

내가 그 막대를 향해 손을 뻗자—.

"흠, 멈춰라. 저 사기꾼 양아치가 아니라, 이 몸이 먼저 뽑 도록 하지."

"어, 나리?!"

"그냥 아무 이유 없이 먼저 뽑고 싶어졌다. 사기를 의심하 는 게 아니라, 단순히 제비를 뽑고 싶어졌을 뿐이지. 딱히 아무 짓도 하지 않았다면, 누가 먼저 뽑든 문제될 건 없을 테지?"

나리의 입가에는 미소가 어려 있었다.

내 작전을 눈치챈 걸까. 그러고 보니 나리는 미래를 내다 볼 수 있는 대악마다.

제발 좀 눈감아달라고 손짓발짓을 통해 사정했지만—.

"기묘한 춤을 추는구나. 축제가 열리려면 아직 멀었는데 말이야."

젠장, 나리가 좋아하는 건 악감정이었지.

내가 이렇게 조바심을 내는 것 자체가 진수성찬을 대령하 는 짓이나 다름없나.

이렇게 되면 로리 서큐버스가 잘 해주기를 기대할 수밖에 없다.

"바닐 님께서 뽑으시는 거군요?! 그럼 이 막대를 추천 드릴게요!"

볼을 붉히면서 당첨 막대를 내밀지 마!

너는 내 편 아니었냐고!'

6

"젠장, 칙칙한 남자들끼리 마차를 타고 가게 됐네. 이게 전부 더스트가 쓸데없는 짓을 했기 때문이야!"

"시끄러워. 애초에 네가 괜히 꼬투리를 잡지 않았으면, 나는 지금쯤 여자들에게 둘러싸여 최고의 여행을 즐기고 있을 거란 말이다!"

"부탁이니까 입 좀 다물어. 이제 그만 포기하고 얌전히 있으라고."

키스와 내가 다투자 테일러가 지친 목소리로 우리를 말렸다.

결국 나리는 빨간색으로 표시된 막대를 뽑았고 나를 비롯한 남자 셋이 같은 마차를 타고 가게 됐다.

"지금 저 마차 안에는 꽃밭이 펼쳐져 있겠지. 부럽네……."

"그만해, 키스. 이제 그런 소리를 해봤자 부질없어. 아~, 젠장. 잠이나 자야겠네."

원망을 한다고 해서 상황이 달라지지도 않을 것이기에, 나는 그냥 잠이나 자기로 했다.

도중에 마물에게 습격을 당하기도 했지만 융융의 마법과 바닐 나리의 눈에서 뿜어져 나온 수수께끼의 광선으로 간단히 처리했다.

저 두 사람은 압도적일 정도로 강했다. 편해서 좋기는 하지만 바닐 나리는 아직 자기 실력을 전부 발휘하지 않은 것 같았다.

……나리를 화나게 하지 않는 편이 좋겠는걸.

주위가 어두워지고 마차가 멈춰서더니 노숙 준비를 시작했다.

액셀에서 아르칸레티아에 가는 마차는 아침에 출발했으니 노숙을 한 번하고 다음날 점심 즈음에 도착한다.

모닥불을 둘러싸듯 마차가 배치됐다. 이러면 마차를 벽 삼으면서 마물의 습격에 대비할 수 있었다.

나를 비롯한 남자들은 저녁식사를 마친 후에 딱히 할일이 없어서 잠이나 자려고 했지만 린 일행은 모닥불 앞에 앉아서 즐겁게 수다를 떨고 있었다.

여자들은 수다를 좋아하지.

……잠깐만 있어봐. 세 사람이 한 자리에 모여 있잖아. 이건 절호의 기회 아냐?

나는 나리에게 받은 마법의 구슬을 슬며시 꺼냈다. 이제 자연스럽게 저 녀석들에게 다가가서 이걸 던지기만 하면 된다.

"더스트, 왜 그래? 안 잘 거야?"

"아, 저 녀석들한테 할 이야기가 있거든. 나는 신경 쓰지 말고 먼저 자, 테일러."

"그래? 키스는 이미 잠든 것 같으니까, 너무 시끄럽게 떠들지는 마. ……그리고 치한 짓도 하지 말라고."

"안 해!"

테일러가 드러눕는 모습을 본 나는 천천히 여자애들을 향해 걸어갔다.

그러고 보니 이 구슬은 얼마나 세게 던져야 깨지는 거지?

주물러보니 꽤 탄력이 있었다. 어느 정도 힘을 줘야 깨질 것 같았다.

우선 자연스럽게 말을 걸고 대화 도중에 구슬을 지면에 던져서 깨뜨린다.

……우와, 완전 수상쩍네.

"너, 뭐하는 거야? 우리한테 볼일이라도 있어?"

정신을 차리고 보니 나는 어느새 그 세 사람 앞에 서 있었다.

자, 어떻게 할까. 우선 자연스럽게…….

"여어, 날씨 한 번 좋네."

"완전 어두컴컴하거든?"

고개를 들었지만 어둠 때문에 날씨가 어떤지 알 수 없었다.

초반부터 기선제압을 당했으나 아직 만회할 수 있을 것이다.

"아, 그 뭐냐. 내일 뭘 할 건지 물어보려고 말이야. 아르칸레티아에 도착한 후에 하고 싶은 거 있어?"

"그야 온천이지. 뭐, 혼욕에는 안 들어갈 거지만."

린이 느닷없이 그런 소리를 했고 융융은 허둥지둥 고개를 돌렸다.

내가 혼욕에 집착한다는 이야기를 융융이 다른 여자들에게 한 것 같군.

"흥, 있는지 없는지 분간도 안가는 너희의 가슴에는 관심 없어. 정 나한테 보여주고 싶다면, 아래편에서 핥는 듯한 시선으로 구석구석 봐줄 수는 있다고."

"죽어도 안 보여줄 거야. 그리고 확 죽어버려, 변태."

"치한 행위는 범죄예요!"

"그런 건 꿈과 망상 속에서만 하는 편이 안전할 것 같네요."

이런 식으로 매도당하는 건 예상했다.

오히려 시나리오 대로다.

그리고 이제부터 기지개를 켜는 척하면서 자연스레 구슬을 치켜들고—.

"어이, 말이 너무 심하잖아! 하아, 자기 전에 가볍게 운동이나 할까. 하나~ 둘~, 하나~ 둘~."

좋아. 체조를 하며 팔을 치켜든 후 그대로 지면을 향해 힘차게 구슬을 던지는 거야!

저 녀석들의 한가운데를 향해 있는 힘껏 구슬을 던졌다!

"우왓, 이 바람은 뭐야?! 콜록콜록!"

구슬이 터지기 직전에 분 세찬 바람이 그녀들의 시선을 적절하게 가려줬다.

그 덕분에 그녀들은 내가 무슨 짓을 한 건지 눈치 채지 못했다.

좋아, 좋았어~! 이걸로 내 하렘은 완성됐다. 나한테 홀라당 반한 이 녀석들에게 어떤 짓을 해줄까?

"어이, 너희들. 이 더스트 님에게 할 말 없냐?"

내가 그렇게 말하고 내려다보자 그녀들은…… 경멸하는 눈길로 나를 쳐다보았다.

"어? 왜 이런 반응을 보이는 거지?

"무슨 소리를 하는 거야? 너, 술 취했어? 여자들끼리의 대화에 끼어들지 말란 말이야. 자, 빨리 꺼져. 쉿쉿."

"그래요. 빨리 가세요. 자기 전에 여자들끼리 사랑 이야기를 하는 걸, 전부터 동경했단 말이에요."

"……저쪽으로 가세요."

이야기가 틀리잖아.

깨진 구슬에서 나온 연기를 마시면 반하게 되는 거 아니었어?

분명 연기는 나왔는데……. 혹시 아까 분 바람 탓에 연기가 흩어지고 만 건가?

으으, 젠장! 조바심 내지 말고 실내에서 터뜨릴 걸 그랬네.

나를 좋아하게 되는 건 고사하고 진심으로 화가 난 건지 모닥불에 비친 얼굴이 새빨갛게 달아올라 있었다.

"그래. 방해한 것 같네. 흥, 알았어. 꺼지면 될 거 아냐."

천재일우의 기회를 날려버리고 말았다.

애초에 저 마도구가 진짜로 통하는지도 알 수 없다. 불량품일 가능성도 큰 것이다.

"그렇게 생각하고 포기하는 수밖에 없겠네."

다른 남자들이 자고 있는 곳으로 돌아간 나는 모포가 깔린 지면에 벌러덩 드러누웠다.

원래라면 지금쯤 여자 셋에게 둘러싸여 술이라도 마시고 있어야 하는데 말이야.

"무슨 일이지? 뭔가 다투는 것 같던데."

"쟤들과 싸우기라도 한 거야?"

테일러와 키스는 잠에서 깬 건지 상반신을 일으키고 나를 쳐다보았다.

그들은 진심으로 나를 걱정하는 표정을 짓고 있었다. 그 얼굴만 봐도 나를 걱정해주고 있다는 게 느껴졌다.

"역시 남자 친구가 최고야. 여자는 아무짝에도 못 쓴다니깐."

"그래. 여자는 아무짝에도 쓸모없어…… . 남자끼리가 낫다고. 응. 그편이 낫다고."

"그래. 여자보다 남자가 낫지. 남자는 남자가 이해해줄 수가 있거든. ……어디를 어떻게 해주면 기분 좋은지도 잘 알고 말이야."

두 사람 다 나를 위로해주는 것 같았다.

평소 같으면 이럴 때 나를 놀렸을 텐데……. 정말 동료는 좋다니깐!

"진짜 그렇다니깐! 역시 남자들끼리의 우정이 최고……. 어이, 너희 둘 다 왜 나한테 다가오는 건데?"

"그야 오늘은 춥거든. 그러니까 남자들끼리 붙어서 자는 것도 나쁘지 않을 거야."

"체온으로 서로의 몸을 녹여주자고. 남자들끼리 서로를 위로해주면서 말이지……."

테일러와 키스는 나를 사이에 두고 몸을 찰싹 밀착시켰다.

이 녀석들, 눈에 핏발이 선 것 같은데? 게다가 볼도 빨갛잖아.

저 얼굴은 과거에 나에게 구애를 했던— 그 남자 귀족을 방불케 했다.

"자, 잠깐만 있어봐! 웃기지도 않는 농담은 하지 말라고!"

"더스트의 탄탄한 엉덩이가 전부터 매력적이라고 생각했어……."

"나는 대흉근과 옆구리가……."

"무시무시한 소리 좀 하지 말라고! 이제부터 너희를 보는 눈길이 변할 것 같으니까 작작 좀 해!"

두 사람은 제정신이 아닌 눈길을 머금은 채 나에게 접근했다.

살금살금 물러서던 나는 무언가에 부딪쳤다.

허둥지둥 고개를 돌려보니 가면을 쓴 바닐 나리가 눈에 들어왔다.

"서, 설마, 나리도 내 엉덩이를 노리는 거야?!"

"이 몸에게는 성별 같은 건 없고, 그대의 엉덩이 같은 것에도 흥미는 없다. 그건 그렇고, 재미있는 상황이 벌어진 것 같군. 역시 그대에게는 질리지 않는걸."

나리는 마치 이런 상황이 벌어질 줄 알고 있었다는 듯 입가에 미소를 머금었다.

"나리, 이야기가 다르잖아! 여자들에게는 효과가 없었는데, 이 녀석들은 완전히 맛이 가버렸다고!"

"바람이 이 자들을 향해 분 거겠지. 대량의 연기를 마신 바람에 발정한 것 같군. 무능 점주가 사들인 상품인데 엉터리가 아니라니, 신기한걸."

"나를 가지고 실험한 거야?!"

"후하하하하하! 너무 화내지 마라. 소량을 들이마시면 서서히 효과가 나타나지만, 대량을 한꺼번에 마시면 상대방을 향한 마음이 폭주하는 물건 같구나. 동성이 대량으로 들이마신다면...... 한 시간 정도면 효과가 사라지겠지."

나는 엉거주춤한 자세로 다가오는 그 두 사람을 칼집 안에 든 검으로 견제하면서 나리의 이야기를 들었다.

남자가 「하악하악」 거리면서 다가오는 모습은 그 어떤 몬스터보다도 무시무시한걸.

"한 시간 동안이나 이 상태가 계속되는 거야?!"

"열심히 도망 다니는 편이 좋을 거다. 잡힌다면 그대의 엉덩이가 무사하지 못할 거라고, 미래를 내다보는 대악마인 이 몸이 단언—."

나는 나리의 말을 끝까지 듣지도 않고 부리나케 도망쳤다.

"요즘 들어 툭하면 이런 일만 벌어지잖아! 대체 내가 무슨 잘못을 했다고 이런 꼴만 당하는 건데에에엣!"

"이성의 경우에는 소량을 들이마시면 서서히 효과가 나타나면서, 하루 이틀 정도는 지속되겠지."

나리가 무슨 말을 한 것 같지만 나에게는 그 말에 귀를 기울일 여유가 눈곱만큼도 없었다.

여기보다는 마물이 우글거리는 평원이 안전할 거라고!

한 시간 동안, 죽을힘을 다해 도망쳐주겠어!

7

"저기, 다들 피곤해 보이는 무슨 일 있었어? 어젯밤에 셋이서 어디 간 것 같던데 말이야."

오늘은 평소의 파티 멤버들과 함께 마차에 탔다.

키스와 테일러는 마차의 의자에 몸을 맡긴 채 축 늘어져 있었다. 나는 그런 두 사람보다 더 지쳤고 대답을 하는 것조차 귀찮게 느껴질 정도였다.

"그게 어젯밤에 이상한 꿈을 꿨어. 떠올리는 것조차도 소름끼치는 꿈이었지."

"테일러도 그랬어?"

두 사람은 한 시간 넘게 반라 상태로 나를 쫓아다녔다.

나는 몬스터와 싸울 때보다 더 필사적으로 도망 다녔지만 결국 이 녀석들에게 잡히고 말았다. 그리고 이 녀석들에게 유린당하기 직전, 두 사람은 풀썩 쓰러지더니 꼼짝도 하지 않았다.

그런 두 사람을 내버려둘 수도 없었기에 나는 속살을 훤히 드러낸 남자를 엎고 잠자리로 어찌어찌 돌아왔던 것이다.

두 사람은 어젯밤의 일을 꿈이라고 생각하는 것 같으니까 굳이 진실을 말할 필요는 없겠지.

"더스트도 이상한 꿈을 꿨어?"

"으, 응. 그러니까 이제 내버려둬……. 떠올리기도 싫다고."

나는 정신을 차린 테일러와 키스를 보기만 해도 소름이 돋았다.

여자들에게 그런 짓을 당했다면 납득이라도 하겠지만 남자들에게 정조의 위협을 당했단 말이다.

한편, 여자들은 연기를 마시지 않은 건지 효과가 없었다.

만약 효과가 있었더라도 이미 효과 시간이 완전히 지났을 것이다. 테일러나 키스와 마찬가지로⋯⋯.

"셋 다 악몽을 꾼 거구나. 로리사는 꿈을 조종하는 마법을 쓸 수 있다고 했지? 좋은 꿈을 꾸게 해달라고 부탁하는 건 어때? 안색도 나빠 보이는데 물이라도 마실래?"

린이라면 바보 취급을 하거나 어이없어 할 줄 알았는데, 어찌된 영문인지 나를 걱정해줬다.

일부러 내 옆에 앉더니 나를 돌봐주기까지 했다.

⋯⋯꿍꿍이라도 있는 건가?

이렇게 상냥하게 대해주니까 오히려 미심쩍었다. 뭔가 다른 속내가 있다는 생각만 들 정도였다.

"고마워. 물 좀 마실게."

그렇다고 호의를 거절하는 것도 무서우니까 말이야. 일단 물이라도 받아 마시도록 할까.

린이 물을 따른 컵을 넘겨받을 때 우연히 그녀와 손이 닿았다.

"이, 일부러 그런 게 아냐! 진짜로 우연히 닿은 거라고!"

"알아. 그 정도 일로 화 안 내. 그러니까 걱정 마."

화내는 것은 고사하고 컵을 쥔 내 손을 감싸⋯⋯ 쥐었어?!

뭐야?! 대체 무슨 일이 일어나고 있는 거지?!

테일러와 키스는 피곤한지 눈을 감고 있어서 린이 이상하다는 것을 몰랐다.

무, 무서워! 린이 나한테 이렇게 상냥하다는 게 말도 안 된다고!

경험해본 적이 없는 공포를 견딜 수 없게 된 나머지, 테일러와 키스에게 도움을 청했지만 두 사람은 전혀 눈치 채지 못했다.

그 후에도 린은 나와 몸을 밀착시킨 채 이런저런 말을 했다.

다른 꿍꿍이가 있는 건 아닌가 싶어 걱정이 되어 나는 흔들리는 마차 안에서 안절부절못했다.

"더스트, 더스트. 아르칸레티아가 보이기 시작했어!"

린이 힘차게 내 등을 두드렸다.

오늘은 기분이 좋은 것 같은데. 기분 탓일지도 모르지만 신체접촉도 많은 것 같지 않아? 기뻐하면서 내 팔을 꼭 끌어안고 있는데 대체 왜 이러는 거냐…….

말로 형용할 수 없는 공포에서 도망치듯 창밖을 쳐다보니 시선을 빼앗길 만큼 아름다운 광경이 눈에 들어왔다.

물과 온천의 도시로 유명한 곳답게 푸른색으로 통일된 건조물이 많았고, 곳곳에 존재하는 수로가 푸른색을 돋보이게 하는 구조를 이루고 있었다.

"오오, 진짜로 멋진 곳이잖아. 휴양지로 유명한 것도 이해가 되는걸. 카즈마한테 괜찮은 선물이라도 사다줘야겠어."

"응. 답례를 해야겠네. 나중에 같이 선물을 사러 가자."

린은 나를 쳐다보며 순진무구한 미소를 지었다. 이 녀석이 이렇게 무방비하고 상냥한 표정을 짓는 모습은 본 적이 없다.

게다가 방금, 나한테 같이 쇼핑을 하자고 말했잖아…….

"어이, 대체 왜 그래? 신종 괴롭힘 수법이야? 평소에는 내가 쇼핑하러 가는 너를 따라가려고 하면, 멋대로 자기한테서 술을 뜯어낼 게 뻔하니 싫다며 질색을 했잖아."

"더스트는 여자 마음을 정말 모르네. 네 마음을 끌고 싶어서 일부러……."

린은 촉촉한 눈길로 나를 올려다보았다. 이 시추에이션은 서, 설마……?!

내 인생에도 봄이……. 아냐, 혹시 마법의 구슬이 효과를 발휘한 걸까?

그렇게 생각하면 린이 지금까지 취한 행동도 납득이 된다. 하지만 효과 시간은 이미 지났잖아.

어쩌면 린은 그때 기침을 하면서 다른 사람보다 그 연기를 많이 들이마셨는지도 모른다. 그래서 아직 효과가 지속되고 있는 것이다.

아니, 그게 틀림없이! 제발 그랬으면 좋겠다!

그렇다면 이야기는 달라진다. 남자로서 다 차려진 밥상을 거부할 수는 없지.

"네, 네가 정 원한다면야……."

린이 서서히 얼굴을 내밀자, 나도─.

"더스트 씨, 도착했어요!"

마차의 문이 힘차게 열리고 나와 린은 허둥지둥 서로에게서 떨어졌다.

활짝 열린 문 너머에는 융융과 로리 서큐버스가 있었다.

두 사람은 나를 향해 환한 미소를 지은 후 한순간 린을 쳐다보았다. ……표정이 완전히 사라진 얼굴로 말이다.

곧 다시 미소를 지었기에 내가 잘못 본 것일지도 모르지만 눈빛에서 한기마저 느껴지는 것 같았는데…….

어젯밤에는 여자들끼리 사이좋게 지냈었는데 말이다. 혹시 밤에 무슨 일이 있었던 걸까?

여자들끼리의 일에 참견해봤자 본전도 못 건진다. 나는 그걸 알기 때문에 한동안 이 세 사람에게 다가가지 않는 편이 좋겠다고 생각했다.

"오~, 도착했구나. 우선 숙소에 짐을 가져다두자고."

테일러와 키스는 지친 얼굴로 숙소를 향해 털레털레 걸어갔다. 누군가가 두 사람에게 말을 건 것 같은데, 관광지 특유의 호객꾼이리라.

"어, 이 온천의 김은…… 히익! 바닐 님! 김에 닿으니 아파요!"

"여기가 나태의 도시 아르칸레티아인가. 그 무능 여신을 숭배하는 곳답게, 분위기도 최악이군."

나리의 말이 들렸는지 주민들이 우리 쪽을 노려보았다.

그 눈빛에는 범상치 않은 살기가 어려 있는 것 같은데…….

게다가 한두 사람이 그러는 게 아니었다. 사방팔방에서 날아온 날카로운 시선이 바닐 나리를 꿰뚫고 있었다.

"조심하세요, 바닐 씨! 이 마을의 주민 대부분은 여신 아쿠아 님을 숭배한단 말이에요. 이상한 소리를 했다간, 괴롭힘을 당할지도 몰라요!"

융융이 새하얗게 질린 얼굴로 주위를 둘러보며 몇 번이나 고개를 숙였다.

잠깐만 있어봐. 이 녀석이 방금 말도 안 되는 소리를 하지 않았어?

"어이, 융융. 너 방금 뭐라고 했어?"

"아, 어떤 식으로 괴롭히는지 궁금한가요? 정말 장난이 아니에요. 상대가 어린애라도 방심하면 안 돼요. 음료수 안에 일부러 얼음을 넣지 않거나, 신발을 벗어놨더니 좌우 반대로 놔둔다거나, 스테이크를 시켰는데 자기 것만 너무 익혀서 퍽퍽한 고기를 내주기도 해요."

"거 되게 쪼잔한 짓만 하네! 그게 아니라, 이 마을 사람들이 여신 아쿠아를 숭배한다고 방금 말하지 않았어?"

"아, 그거 말이군요. 이 마을에는 많은 프리스트가 살고 있어요. 그리고 마을 사람 대부분이 아쿠시즈교를 믿죠."

"뭐어어어어?! 그 카즈마네 프리스트를 비롯해, 민폐 짓거리만 해대는 아쿠시즈 교도의 마을이라는 거야?! 어이, 너는 어째서 그걸 알고 있는 거야? 그리고 왜 미리 가르쳐주지 않은 거냐고!"

나는 지금까지 아쿠시즈 교도를 몇 명 만나봤는데 그 중에는 제대로 된 인간이 단 한 명도 없었다.

여기가 그 녀석들의 총본산인 거냐.

내가 다가가서 따지자 융융은 볼을 붉히고 고개를 돌렸다.

"너, 너무 다가오지 마세요! 그, 그게 말이죠. 이야기를 했다간 여행이 취소될 것 같았거든요. 이렇게 많은 사람들과 함께 여행을 하는 건 처음이라…… 여행지가 이 마을이긴 해도 너무 기대돼서……."

외톨이는 자신의 잣대에 따라 고민을 거듭한 끝에 결국 여행을 선택한 건가.

이 자리에서 탓을 해봤자 아무 소용없겠지. 게다가 경험자가 있다니 좀 든든하기는 해.

"뭐, 좋아. 아쿠시즈 교도가 많아봤자 얽히지만 않으면 되잖아. 게다가 아쿠시즈교의 프리스트는 하나같이 문제아였지만, 신도인 이곳 주민들은 그 정도로 골 때리지는 않을 거야."

마을 사람 전원이 장기자랑 프리스트나 미츠루기에 관한 일로 얽힌 적이 있는 그 파계승 같을 리가 없다.

융융이 고개를 돌린 게 좀 신경 쓰이지만 그 녀석들과 같은 레벨의 녀석이 있지는 않겠지.

환한 미소를 지으며 다가온 노파는 꽤 사람이 좋아 보이니까 말이야.

"어머, 너희들도 관광을 하러 이곳에 온 거니?"

"네, 지금 숙소에 가는 길……"

"어머나, 그럼 이걸 가지고 가렴. 이건 할인권인데, 이름을 쓰면 숙소에서 각종 서비스를 받을 수 있단다!"

노파가 내민 종이에는 사인을 하는 칸이 있었다.

다른 부분에 적힌 문자는 노파의 손에 가려서 보이지 않았다.

"손 좀 치워주지 않겠어? 손에 가려서 뭐라고 적혀 있는지 안 보이거든."

"어머, 남자라면 그런 사소한 건 신경쓰지 마렴. 자, 여기에 이름을 써."

이 수법은 빚의 차용증을 받거나 내가 사기를 칠 때 쓰는 짓거리와 비슷한걸.

설명문을 읽지 않고 계약을 하게 해서 궁지에 몰아넣는 것이다.

어차피 고급 상품을 관광객에게 강매하려는 속셈이 틀림 없다.

"그럼 이름을 쓰고 싶으니까 펜을 빌려줘."

"어머, 내가 깜빡했네. 이걸로 쓰렴."

상대가 내 말에 정신이 팔려 손에서 힘을 뺀 순간, 나는 그 종이를 낚아챘다.

그 종이에는 평범하게 할인 내용만 적혀 있을 뿐 미심쩍은 구석이 없었다.

"정말, 뭐하는 거니? 자, 아무것도 없지? 그럼 이 펜으로 여기에 사인을 해."

만면에 미소를 지으며 사인을 권하는 이 노파의 태도가 수상하다고, 내 감이 고하고 있었다.

눈으로 겨우겨우 알아볼 수 있을 만큼 조그마한 글자로 계약 내용을 적어두지⋯⋯는 않았군.

진짜로 할인권에 불과한 건가?

"의심해서 미안해. 여기에 사인하면 되지?"

"응. 그렇단다. 잉크가 잘 안 나올지도 모르니까, 꼭, 꼬옥, 눌러서 이름을 적어주면 좋겠네."

꼭 눌러 쓰라고 강요하는걸.

응? 이 종이, 약간 두껍잖아. 혹시⋯⋯.

감을 잡은 내가 용지 구석부분을 움켜잡은 후, 위쪽으로 젖혔다.

할인권 밑에는 검은색 종이가 있었고 그 밑에 또 한 장의 종이가 있었다.

그 종이에는 『아쿠시즈 교단 입교서』라고 적혀 있었다.

"이게 무슨 짓이야?! 어이, 종이에 사인하지 마. 종이 밑에 먹지가 깔려 있어! 하마터면 아쿠시즈교에 입교할 뻔 했네!"

"어머, 혹시 아쿠시즈 교도니? 동지 냄새가 나네."

"동지 취급하지 마! 빨리 꺼지라고. 쉿쉿."

나는 들개를 쫓아내듯 손을 내저었다.

맙소사. 이 마을에 들어와서 처음으로 나에게 말을 건 상대의 목적이 종교 권유일 줄이야.

"너희도 조심―."

"어머. 당신, 요즘 피부가 거칠어지지 않았어? 이걸 써봐. 불순물이 하나도 들어가지 않아서 피부에 정말 좋아. 그냥 발라주기만 해도 피부가 정말 촉촉해져. 피부에 좋은 성분으로만 된 온천수거든! 게다가 이 온천수는 언데드와 악마에게 뿌리기만 해도 효과가 끝내줘!"

"어이쿠, 외로움이 온몸에서 배어나오는 당신! 이 물을 알아? 이걸 마시면 친구도 엄청 생기고 금전운도 급상승하는 데다, 애인까지 생긴다며 우리 사이에서 엄청 화제인 물건이야!"

"거기 잘생긴 가면 형씨와 예쁘장한 아가씨! 당신들은 인생을 즐기고 있어? 혹시 불만이나 스트레스를 느끼고 있다면, 악마나 언데드 이외에는 전부 받아주는 아쿠시즈교에……. 어, 당신들 좀 이상하네?"

동료들은 이미 이 마을 주민들에게 둘러싸여 물건 강매와 종교 권유를 당하고 있었다.

하나같이 수상쩍은 미소를 머금은 채 말을 늘어놓고 있는 가운데, 바닐 나리와 로리 서큐버스에게 말을 건네던 남자는 고개를 갸웃거리고 미심쩍은 눈길로 두 사람을 쳐다보았다.

바닐 나리는 입가를 일그러뜨렸고 다른 동료들은 주민들의 기세에 압도당한 건지 도움을 청하는 눈길로 나를 쳐다보았다.

"어이, 방해되니까 꺼져! 아쿠시즈교 같은 걸 누가 믿겠냐고! 물건 강매도 하지 마! 공짜로 샘솟는 온천수를 돈 받고 팔지 말란 말이야!"

나는 그들을 쫓아내려고 했지만 단 한 명도 물러나지 않았다.

그리고 융융이 이 멤버 중에서 가장 만만하다고 생각한 건지, 그녀의 주위에 사람들이 잔뜩 몰려 있었다.

"아, 친구를 가지고 싶기는 한데……. 아, 죄송한데 그럴 수는 없어요. 어, 입교를 하면 이 마을에 사는 모든 사람이 제 친구가……."

"그딴 권유에 넘어가지 말라고! 어이, 비켜!"

나는 인파를 헤치며 융융에게 다가간 후 그녀의 손목을 억지로 잡아당겼다.

자신을 둘러싼 사람들의 체온 때문에 더웠던 건지 얼굴이 새빨개진 융융이 나를 올려다보았다.

"더스트 씨, 고마워요."

"하아, 저딴 권유에 넘어가지 말라고. 너는 안 그래도 이용해먹기 딱 좋은 인상이니까, 좀 세게 나가란 말이야."

"그런가요. 하지만…… 제가 곤란할 때는 더스트 씨가 이렇게 구해줄 거죠?"

융융은 촉촉이 젖은 눈동자로 나를 쳐다보면서 기쁘다는 듯 웃음을 흘렸다.

그 모습을 본 순간— 내 등골을 타고 전류가 흘렀다.

내 얼굴을 볼 때마다 성희롱 좀 하지 말라고 불평불만만 쏟아냈으면서 왜 이렇게 훈훈한 표정으로 상냥한 말을 건네는 거냐고…….

"너, 린과 이상한 꿍꿍이를 꾸미고 있는 거지? 고급 요리점 앞에서 바닥을 데굴데굴 구르며 「배고파, 배고파!」라고 칭얼거린 끝에 밥을 얻어먹었던 걸 가지고 아직도 앙심을 품고 있는 거야? 아니면 길바닥에서 넙죽 엎드려 가며 빌린 술값을 안 갚았던 걸 가지고 아직도 화가 나 있는 거야?"

"그런 건 이미 털어버렸어요. 저와…… 더스트 씨 사이잖아요."

융융은 그렇게 말한 뒤 내 팔에 자신의 몸을 댔다.

이 녀석은 꼬맹이 주제에 발육이 좋은 편이라 이렇게 몸을 밀착시키면 가슴의 감촉이—.

"윽, 나는 그런 거에 안 속아! 너희가 나한테 이렇게 잘해 줄 리가 없다고! 너희들, 나리한테서 그 구슬의 효력에 관해서 들었지? 그래서 한통속이 되어서 나를 놀리고 있는 거잖아! 빨리 여관에 짐이나 맡겨두러 가자."

나는 융융을 떼어낸 후 몰려든 주민들을 쫓아내며 서둘

러 숙소로 향했다.

도중에 비누와 온천수가 든 병을 안아들고 있을 뿐만 아니라 호주머니에는 입교서가 잔뜩 들어있는 테일러, 키스와도 합류해서 어찌어찌 여관에 도착했다.

"예상은 했지만, 정말 불쾌한 마을이구나. 주민들에게서는 악감정이 거의 느껴지지 않고, 관광객에게서 어마어마한 양의 악감정을 얻을 수 있을 줄이야. 마왕도 이곳을 침공하지 않는 게 납득이 되는군."

"저기, 온천의 김에 닿기만 해도 피부가 저린데요……."

나리는 이 마을에 온 후로 계속 언짢아 보였다.

로리 서큐버스는 온천의 김을 무서워하듯 잔뜩 움츠린 채 걷고 있었다. 여관에 도착한 후에도 온천의 김이 나오는 곳과 거리를 두고 있었다.

"그럼 짐을 방에 가져다둔 다음에는 개별 행동을 하자고. 나리, 그래도 되지?"

"좋다. 이 몸은 이 어릿광대들의 마을을 구경하러 다니도록 하지. 무능 여신을 숭배하는 어리석은 자들을 놀리기나 할까."

"저, 적당히 하라고. 나는 온천에나 들어가야지. 그것도 혼욕에 말이야!"

나는 홀에 있는 이들 전원에게 들리도록 큰 목소리로 그렇게 외쳤다.

이 녀석들이 나를 놀리는 게 아니라 진짜로 마도구가 효과를 보이고 있는 거라면 혼욕으로 들어올 것이다.

"흐음, 혼욕에 들어갈 거구나? 뭐, 좋을 대로 해. 그럼 나는 방에 짐이나 가져다둬야지."

"아, 저도 방에 갈래요."

"바닐 님, 나중에 뵙겠습니다."

여성들은 별다른 반응을 보이지 않고 자신들의 방으로 향했다.

거보라고. 역시 나를 놀린 게 분명해.

이 여관에서는 2인 1조로 한 방을 쓰기로 되어 있었고, 나는 린과 한 방을 쓸 예정이었다. 하지만 일전의 제비뽑기 후에 다른 사람들이 멋대로 방을 배정하더니, 결국 나는 바닐 나리와 한 방을 쓰게 됐다.

나는 2인실에 짐을 내팽개쳐둔 후 온천에 들어갈 채비를 하고 방을 나섰다.

온천에는 남탕, 혼욕, 여탕의 입구가 있었고 나는 주저 없이 혼욕에 들어갔다.

"뭐, 혼욕에 여자가 없을 거라는 건 나도 알고 있다고!"

입으로는 그렇게 말하면서도 내심 기대를 하며 혼욕으로 이어지는 문을 열어보니 안에는 아무도 없었다.

대낮의 혼욕에는 나 혼자뿐이었다. 뭐, 그럴 줄 알았다고.

"전세 낸 거나 다름없네. 느긋하게 온천을 즐겨볼까."

나는 몸을 씻은 후 욕조로 향했다.

온천에 그대로 뛰어든 나는 멍하니 주위를 둘러보았다.

그러자 구석에 있는 울타리가 눈에 들어왔다. 혼욕과 여탕을 가르는 증오스러운 장애물이었다.

……저 울타리 너머에 여탕이 있구나.

"그 두 사람이 묘한 행동을 취한 건 마법의 구슬 덕분일지도 모르지만, 영 수상해. 바닐 나리가 몰래 손을 쓴 거 아냐? 내가 이성에게 인기가 있다는 착각에 빠졌을 때 진실을 밝혀서 절망에 빠뜨리려고 한다거나……. 솔직히 말해, 그게 가장 가능성이 크긴 해."

마법의 구슬이 지닌 위력은 진짜라는 건 어젯밤에 실감했다.

하지만 그 녀석들은 이미 제정신으로 돌아왔다. 효력이 지금까지 유지될 수 있을까?

"모르겠네. 나리의 말에 좀 더 귀를 기울일걸 그랬어. 뭐, 이제 와서 이런 소리 해봤자 의미 없지만 말이야."

그런 생각을 해봤자 부질없다고 여긴 나는 울타리를 향해 헤엄쳤다.

혹시 울타리에 구멍이라도 나 있지 않나 싶어 살펴봤지만 보이지 않았다.

"소리는 들리지 않으려나."

귀를 기울여봤지만 아무것도 들리지 않았다.

"여기서 좀 기다리면 곧 여자애들이 여탕에 들어올지도 몰라. 확 내가 직접 구멍을 내버려? 나이프라도 가져올걸 그랬네."

내가 그런 소리를 중얼거리고 있을 때 혼욕의 문이 열리는 소리가 들렸다.

어차피 중년 아저씨나 나이 많은 영감이 들어왔을 거라고 여긴 내가 딱히 기대를 하지 않으며 돌아보니, 수건으로 중요 부위만 가린…… 융융의 모습이 눈에 들어왔다.

"아, 더스트 씨. 여기서 마주치다니, 이런 우연도 다 있군요……."

"후헷?!"

나는 너무 놀란 나머지 이상한 소리를 내고 말았다.

김 때문에 세세하게 보이지는 않지만 융융은 딱히 놀란 기색 없이 멋쩍은 표정만 짓고 있었다.

역시 나이에 비해 몸매가 좋은걸. ……이런 소리나 할 때가 아니잖아!

뭐, 뭐야?! 뭐가 어떻게 된 거냐고! 나를 놀리려고 이런 짓까지 하는 건 좀 과하지 않아?!

혹시, 진짜로 구슬의 효과 때문에 이러는 건가?

부끄럼쟁이에 낯가림이 심한 이 녀석이 장난삼아 이런 짓을 할 리가 없다.

"저, 저기, 폐가 안 된다면, 가, 같이 온천을 즐겨도 될까요?"

"으, 응. 네가 하고 싶은 대로 해."

젠장, 동요한 바람에 목소리가 떨리잖아.

야한 복장을 한 누님이라면 술집이나 서큐버스 가게에서 얼마든지 봤다고…….

그 가게에서 보여주는 꿈은 훨씬 에로틱한데 왜 이렇게 동요하는 거냔 말이다.

융융이 욕조 가장자리를 손으로 짚은 후 발끝부터 천천히 물에 집어넣는 모습에서 눈을 뗄 수가 없었다.

"아, 으음, 그쪽으로 가도 될까요?"

"저기, 뭐냐. 그, 그래. 알아서 해."

융융이 온천에서 피어오른 김을 가르며 다가왔다.

그런 융융의 모습이 점점 선명해지더니 그녀는 손만 뻗어도 몸이 닿을 거리까지 다가왔다.

내가 꿀꺽 하고 침을 삼키는 소리가 머릿속에 울려 퍼졌다.

"이, 이성과 알몸으로 이렇게 붙어 앉아 있으니 기분이 묘하네요."

김 때문에 피부는 촉촉하게 젖었고 얼굴 또한 발그레해졌다.

그런 융융이 부드러운 눈길을 머금고 약간 부끄럽다는 듯 웃음을 흘렸다.

어, 어쩌면 좋지. 눈앞에 밥상이 차려졌으니, 먹는 게 예의일까?!

아, 아냐. 상대는 아직 어린애라고. 내가 혼란에 빠지면 어

쩌자는 거야.

"아, 뭐냐. 낯가림을 좀 덜하게 된 거 아냐?"

"그렇지 않아요. 제가 이렇게 대담한 짓을 할 수 있는 사람은…… 이 세상에 더스트 씨뿐이니까요."

큰일 났다. 융융이 배시시 웃으면서 입에 담은 말 한 마디는 무지막지하게 강렬했다.

술집 아가씨한테도 이런 말을 들어본 적이 없다고……

괜찮은 거냐. 진짜로 괜찮은 거냐고. 남자답게 확 건드려주는 게 예의인 거냐?!

아, 아냐. 이 애는 너무 어려. 이런 애를 건드리는 건 범죄라고……

일단 평정심을, 평정심을 되찾아야해.

내가 심호흡을 하고 마음을 진정시키려 하고 있을 때, 드르륵 하고 문이 열리는 소리가 또 들렸다.

나와 융융이 무심코 입구 쪽을 쳐다보니 수건을 몸에 두른 린이 문을 열고 들어와서 우리를 내려다보았다.

가늘게 뜬 눈에 어려 있는 살의에 찬 그 시선을 본 순간, 온천과 이 상황 때문에 멍하던 머릿속이 순식간에 차가워졌다.

"왜 융융과 함께 혼욕을 즐기고 있는 거야?"

그 낮은 목소리는 날카롭기 그지없었다. 린이 진짜로 화났을 때 내는 소리였다.

"호, 혼욕은 누구나 들어갈 수 있지 않나요? 그리고 린 씨는 혼욕에 흥미가 없다고 아까 말하지 않았어요?"

"갑자기 혼욕이 하고 싶어졌을 뿐이야. 너희 둘이 같이 목욕하고 있을 줄은 꿈에도 몰랐지만 말이……지!"

린이 날카로운 어조로 그렇게 말하자 융융은 「히익!」 하고 신음을 흘렸다.

무섭네……. 저 녀석은 화나면 진짜로 무섭긴 하거든.

모험가가 살아남기 위한 철칙 중 하나는 바로 위험을 감지하면 재빨리 도망치는 것이다.

나는 서서히, 천천히, 융융에게서 떨어졌다.

"앗, 두 사람만 먼저 들어간 거예요?! 너무해요! 김에 닿을 때마다 피부가 저린데도 마음 단단히 먹고 여기까지 왔는데……!"

활짝 열린 문을 통해 또 누군가가 들어왔다.

로리 서큐버스가 수건도 들지 않고 알몸으로 나타났다.

어찌된 영문인지 중요부위는 김 때문에 보이지 않았다. 젠장, 뭐가 어떻게 된 거야.

성가신 상황이 벌어졌다.

보통 이런 걸 하렘이라고 부른다던데 내가 상상했던 것과는 너무 다르잖아.

"너희는 더스트를 알게 되지 얼마 안 됐지? 우리 중에서는 내가 이 녀석과 가장 오랫동안 알고 지냈거든?!"

"아, 알고 지낸 기간 같은 건 중요하지 않아요! 연애 소설에서도 오래 알고 지낸 쪽이 지는 경우가 많단 말이에요!"

"저는 누구보다도 더스트 씨의 성적 취향에 대해 잘 알거든요!"

세 사람은 나를 차지하기 위해 다투기 시작했다.

그야말로 꿈만 같은 상황이라 믿기지 않지만 이 녀석들은 진짜로 나에게 반한 것 같았다.

그 마법의 구슬은 효과가 끝내주네!

바닐 나리, 정말 고마워!

이런 상황에서 내가 취할 방법은 단 하나 뿐이다.

"다들 나 때문에 싸우지 마. 그냥 다 같이 사이좋게 목욕을 즐기자고! 우선 융융은 왼손, 로리 서큐…… 로리사는 오른손, 그리고 린은 현재 한창 팽창 중인 내 제3의 손으로—"

"""입 다물어!"""

"……옙."

세 사람이 한 목소리로 화를 냈다.

시간이 갈수록 더욱 분노에 사로잡히고 있는 그녀들을 지켜볼 수밖에 없는 상황이지만, 왠지 점점 분위기가 이상하게 흘러가기 시작했다.

"이제 됐어. 이렇게 됐으니 실력 행사로 갈래! 너희를 해치우고 더스트를 차지하겠어!"

"이윽고 홍마족의 족장이 될 저에게 이길 수 있을 거라고 생각하나요. 저를 얕보지 마세요!"

"틈을 봐서 다 잠재워버릴 거야!"

전원이 마법을 영창하기 시작했다.

아무래도 방관만 하고 있을 상황이 아닌 것 같네. 어떻게든 진정시켜야만 해!

나는 욕조 밖으로 뛰쳐나간 후 대야에 찬물을 받아서 여자애들에게 뿌렸다.

"꺄아, 차가워! ……어?"

"더, 더스트 씨, 이게 무슨 짓이에…… 으윽?!"

"아, 아얏! 어, 어머? 온몸이 얼얼하네요?!"

로리 서큐버스의 반응은 좀 호들갑스럽지만 아무래도 다들 정신을 차린 것 같았다.

물이 너무 차가웠던 건지, 다들 나를 쳐다보고 그 자리에서 꼼짝도 하지 않았다.

지금이라면 내 말에도 귀를 기울일 것 같군.

"너희의 마음은 이해했어. 그럼 우선 린부터 차례대로 한 사람당 30분씩 교대 방식으로 하는 건 어때?"

나는 시원시원한 미소를 지으며 타협안을 제시했다.

세 사람은 내 말을 듣더니―.

""""죽어!""""

―하고 악담을 토하면서, 이미 영창을 마친 마법을 나에게 날렸다.

8

"온천에 몸을 담근 채 올려다보는 하늘은 각별한걸."

구름 한 점 없는 하늘에서 햇살이 쏟아지고 있었다.

온몸에 안 아픈 곳이 없지만 목숨을 건진 것만으로도 다행이라고 생각할 수밖에 없을 것 같았다.

"이런 결말을 맞이할 줄이야. 이번 악감정은 정말 각별한 맛이었다."

바닐 나리의 목소리가 들려서 고개를 돌려보니 나리는 턱시도 차림으로 온천 가장자리에 서 있었다.

"나리, 그게 무슨 소리야? 저 녀석들에게 마법의 구슬이 통한 건 맞지?"

"방금까지는 그랬지. 소량의 연기만 들이마실 경우, 점점 효과가 강해지면서 지속시간 또한 늘어나니까 말이다."

그래서 테일러나 키스와 다르게, 오늘 아침부터 나에게 적극적인 태도를 취한 건가.

그 점을 알고 있었다면 이런 짓 저런 짓 다 해봤을 텐데…….

"아~, 젠장. 아깝게 됐네."

"하지만 네 소망은 이뤄졌지 않느냐."

"뭐, 혼욕을 즐기기는 했지! 나리, 부탁인데 말이야. 나한테 뭘 가르쳐줄 때는 애매하게 둘러말하지 말라고."

"그럼 재미가 없지 않느냐. 이렇게 질 좋은 악감정을 얻기 위해서는 미래를 확정시키지 않는 편이 좋거든."

바닐 나리는 나와 여자애들의 악감정을 맛보고 만족한 것 같았다.

하긴, 속은 쪽이 바보이기는 해. 나리한테 화를 내는 건 적반하장이려나.

"자, 그럼 슬슬 방으로 돌아가서 화풀이 삼아 잠이나 퍼질러 자야지."

"참고로 마도구의 효과로 양아치 모험가에게 반했던 여성들은 이제까지 있었던 일을 똑똑히 기억하고 있다. 지금쯤 수치심에 휩싸여 있겠지."

"진짜로? 맙소사……."

아무래도 당분간은 그 녀석들이 나를 평소보다 더 차갑게 대할 것 같았다.

상상을 하기만 해도 소름이 돋는걸.

온천에 들어가서 몸을 좀 더 녹이는 편이 좋지 않을까 싶을 정도라고…….

"젠장, 먼저 온 사람이 있는 것 같아서 기대했더니 더스트 잖아."

"어이, 더스트. 아까 린과 다른 여자애들이 새빨개진 얼굴로 복도를 걷고 있던데, 뭐 아는 것 없어?"

이번에는 키스와 테일러가 혼욕에 들어왔다.

바닐 나리는 어느새 모습을 감췄다.

"글쎄? 치한과 마주친 거 아닐까?"

내가 대충 대답하자 두 사람은 도끼눈으로 나를 쳐다보았다.

나를 의심하고 있네.

"적당히 좀 해. 그건 그렇고, 이곳은 주민들에게 문제가 좀 있어도 온천 하나는 진짜 끝내주는군."

"휴우~, 맞아. 괴짜 천지인 마을이지만 온천 하나는 정말 최고라니깐."

두 사람은 온천물에 허리까지 담그고 하늘을 올려다보았다.

알몸인 저 두 사람을 보니 그날 밤의 악몽이 떠올랐기에, 나는 고개를 거칠게 내저으며 최악의 영상을 머릿속에서 지웠다.

"혼욕에 여자들이 없는 건 좀 아쉽지만 그래도 나쁘지 않네."

"남자들끼리 화기애애하게 온천을 즐기는 것도 좋지."

"그래. 남자들끼리가 훨씬 편해. 한동안 여자는 꼴도 보기 싫다고."

나는 본심을 입에 담았고 두 사람은 아연실색한 표정을 지었다.

내가 그렇게 이상한 소리를 했나?

"어이, 뭐가 어떻게 된 거야? 이상한 병이라도 걸린 거 아냐? 오늘은 일찍 자라고."

"네가 여자를 질색하다니……. 몸이 안 좋으면 너무 무리하지 마."

두 사람은 진심으로 나를 걱정해주는 것 같았다.

지금은 화를 낼 타이밍이겠지만 온천에 몸을 담그고 있으니 만사가 귀찮아졌다.

게다가 남이 나를 걱정해주는 것도 기분이 썩 나쁘지 않았다.

"역시 사람한테 필요한 건 동성 친구일지도 모르겠네."

제4장 저 신도들에게 악마의 속삭임을

1

방에서 한숨 자고 나니까 밖이 어두워져 있었다.

일어나보니 나리가 방에 없었기 때문에 혼자서 밥 먹으러 가기로 했다.

여관 1층이 식당이지만 그 녀석들과 마주치지 않는 편이 좋겠지. 다른 밥집을 찾아볼까.

여관을 나가서 대로로 향하던 나는 한 여자가 정면에서 이쪽을 향해 걸어오는 모습이 눈에 들어왔다.

"흐음~, 몸매와 얼굴이 꽤 반반한걸. 헌팅……은 관둬야지. 한동안 꼴도 보기 싫다고."

평소 같으면 말을 걸어보겠지만 여자 때문에 고생을 한 직후라 그런지 헌팅을 할 마음이 생기지 않았다.

그대로 스쳐지나가기 직전, 그 여자는 뭔가에 발이 걸렸는지 들고 있던 장바구니 안의 내용물을 바닥에 쏟고 말았다.

"꺄아?! 어쩌면 좋아! 방금 산 사과가……!"

허둥지둥 사과를 줍는 여자를 못 본 척하기도 그래서 줍는 걸 도와줬다. 그러자 그녀는 장바구니를 지면에 대충 내려놓더니 느닷없이 내 손을 감싸 쥐었다.

"고마워요! 덕분에 살았어요! 꼭 답례를 하고 싶어요……!"

사과 좀 주워줬을 뿐인데, 너무 고마워하네.

이건 혹시…….

"이 앞에 아쿠시즈 교단에서 운영하는 카페가 있어요. 거기서 저와 잠시 이야기를 나누지 않겠어요?"

"그럴 줄 알았어! 내가 이럴 줄 알았다고! 전형적인 강매 수법이잖아!"

"무슨 소리를 하시는 건지 모르겠지만 저는 점을 잘 친답니다. 괜찮다면 제가 공짜로 당신의 운세를……."

내가 그 말을 무시한 뒤 가려고 하자 그 여자는 내 옷자락을 잡더니 한사코 놓지 않았다.

이 녀석, 의외로 힘이 센걸. 내가 떼어내려고 하는데도 떨어지지를 않아!

"방금 점괘가 나왔어요! 여난의 상이 보이는군요! 그래도 안심하세요. 아쿠시즈교에 입교하시면, 당신은 구원받을 거랍니다!"

"여난은 이미 겪었다고! 그~러~니~까~, 떨어지라고! 너 계속 이러면, 확 가슴을 주물러 버린다!"

"저기, 뭐하는 거야?"

한창 실랑이 중인 나에게 말은 건 이는 나중에 따로 도착할 거라고 말했던 여자 도적, 크리스였다.

"어머, 당신은 참 빈약한 가슴을 가졌네! 하지만 안심해. 아쿠시즈교는 절벽가슴도 차별하지 않고 사랑하라고 가르쳐! 그러니까 아쿠시즈교에 들어오지 않겠어?"

"초면인 사람한테 서슴없이 무례한 소리를 하네……. 유감이지만 나는 에리스 교도야."

크리스는 쓴웃음을 지은 뒤 에리스 교도의 증표인 성인(聖印)을 꺼내서 그 여자에게 보여줬다.

그 순간, 그 여자의 얼굴에서 미소가 사라졌다. 그리고 벌레라도 씹은 것처럼 인상을 한껏 찌푸렸다.

"퉤."

그 여자는 갑자기 땅을 향해 침을 뱉었다.

그리고 장바구니를 들더니 그대로 어딘가로 가버렸다.

나와 크리스가 아무런 반응도 보이지 못하고 그 여자의 등을 계속 쳐다보자, 그녀는 또 돌아보더니―.

"……퉤."

한 번 더 침을 뱉은 후 빠른 걸음으로 가버렸다.

"소문은 들었지만 아쿠시즈교의 총본산은 정말 장난 아니네……."

"그래. 아쿠시즈 교도를 얕봤던 것 같아……. 그런데 권유 매뉴얼 같은 거라도 있는 걸려나? 온갖 수단으로 포교 활동을 하잖아. 어, 그것보다 이제 도착했구나. 다른 여자들이라면 여관에 있어."

"그렇구나. 너는 혼자서 뭐하고 있는 거야?"

"다른 사람들과 얼굴을 마주하기 좀 그래서 말이야. 딴 데서 식사를 하려고 돌아다니던 참이라고."

"그럼 한가하겠네? 그렇다면 잠시 나와 같이 다니지 않을 래? 에리스 교도는 이 마을에서 박해를 당하니까 호위가 필요하거든. 밥 정도는 사줄 수 있어."

나는 지갑에 동전 몇 개만 들어있는지라 거절할 이유가 없었다.

게다가 에리스 교도라면, 여차할 때 이 마을 주민들을 막을 방패로 써먹을 수도 있을 테니까 말이야.

2

크리스와 동행하다 보니……

처음 보는 여자가 친척을 자처하면서 입교를 권유했고―.

공짜로 미술전을 보지 않겠냐면서 딱 봐도 교회 같아 보이는 건물로 끌고 가려고 하는 사람과 마주쳤으며―.

내 등에 붙어 있는 악마를 퇴치해주겠다면서 박진감 넘치는 연기를 선보이는 프리스트도 나타났다.

그 뿐만 아니라―.

"저기, 이 마을은 대체 어떻게 되어먹은 거야?! 저런 어린

애까지 입교서에 사인을 받으려고 한다는 게 말이 돼?! 완전 이상하잖아!"

"나도 아까는 진짜 놀랐어. 저런 꼬맹이까지 한패거리일 줄은 몰랐다니깐. 이 마을은 확 멸망해버리는 편이 세상을 위해서도 좋지 않을까?"

어린애가 선보인 혼신의 연기에 거의 속아 넘어갈 뻔 했던 크리스는 머리를 감싸 쥐었다.

이제는 카즈마가 이곳의 숙박권을 나에게 넘겨준 것이 이해됐다. 이곳을 한 번 경험하고 나면 두 번 다시 오고 싶지 않을 테니까 말이다.

그 후로는 신도들을 상대하는 것도 귀찮아졌기에 상대방이 다가오자마자―

"이 녀석, 에리스 교도야."

―라고 말하며 크리스를 가리켰다.

그러면 침을 뱉거나 돌을 집어던지면서 「에리스의 가슴은 뽕패드!」라고 외치며 가버리기 때문에 꽤 편했다. 에리스 교도는 여러모로 쓸모가 많은걸.

"선배 잘못이 아냐. 선배 잘못이 아냐……."

이런 대접 때문에 마음에 상처를 입은 건지, 크리스는 영문 모를 소리를 계속 중얼거리고 있었다. 정신이 꽤나 피폐해진 것 같았다.

그래도 우리는 목적지까지 묵묵히 나아갔다.

가면 갈수록 권유 방식이 악랄해지는 건 아쿠시즈교의 본부인 대교회에 다가가고 있기 때문이었다.

그곳이 목적지라면 자살행위나 다름없지만 우리 목적지는 거기가 아니다.

대교회의 옆에는 이 마을에 물을 공급하는 아름다운 호수가 있지만, 거기도 아니다.

우리가 향하는 곳은 대교회의 뒤편에 있는 산이었다. 이 마을의 온천물은 저 산에서 샘솟는다고 한다.

"어이, 무슨 일로 저 산에 가는 거야?"

"으음, 실은 온천의 효능을 조사해달라는 의뢰를 받았어."

"효능? 그러고 보니 광신도들이 피부에 좋다, 언데드와 악마 상대로 효과가 끝내준다, 같은 영문 모를 소리를 늘어놓던데……."

"그걸 조사하러 온 거야."

그 녀석들은 툭하면 거짓말만 늘어놓으니까 믿어봤자 손해인 거 아냐?

그래도 모험가는 자신이 맡은 의뢰를 수행할 수밖에 없다. 나도 크리스에게 얻어먹을 예정이니 불만은 없었다.

원천으로 이어지는 길에는 기사로 보이는 남자가 두 명 있었다.

이 마을의 수입원이니 보초가 있는 게 당연했다.

"저기~, 이 산에 들어가고 싶은데요."

"미안하지만 허가 없이는 이 산에 들어갈 수 없다. 얼마 전에 이런저런 일이 있어서 통제하게 됐거든."

기사 두 사람은 서로의 얼굴을 쳐다보고 땅이 꺼져라 한숨을 내쉬었다.

무슨 일이 있었던 건지 좀 궁금하네.

"대체 무슨 일이 벌어졌던 거야?"

"마왕군 간부가 온천을 오염시키려고 했는데, 우연히 그 사실을 안 모험가 파티가 그 간부를 격퇴했어. 하지만⋯⋯ 그 파티의 아크 프리스트가 온천을 정화해버렸거든. 그래서 온천이 평범한 맹물로 변해버렸지."

"그거 참 큰일이네."

온천의 효능이 사라져서 맹물이 되었으니 이제 아르칸레티아에는 온천마을로서의 가치가 없었다.

어라? 잠깐만 있어봐. 그런 것치고는 관광객도 많고, 마을도 활기가 넘치는 것 같던데⋯⋯.

"하지만 어찌된 영문인지 이 산에서 나는 물에 몸을 담그면 상처가 낫고, 언데드와 악마가 몰려오기는 해도 해코지를 못하게 되는 기묘한 효능이 생겼거든. 그래서 예전보다 손님이 늘었지."

"온천의 물을 언데드와 악마에게 뿌리면 정화된다더군."

뭐 그딴 온천이 다 있어.

그건 온천이라기보다―.

"역시 성수구나."

크리스도 나와 같은 생각을 한 것 같았다. 그녀는 팔짱을 끼고 생각에 잠겼다.

왜 온천을 조사하라는 의뢰가 발생한 건지 이해가 안 됐는데, 이제 감이 왔다.

"저기, 좀 들여보내주면 안 돼? 원천을 조사하고 싶어."

"미안하지만 규칙상 그럴 수는 없다. 그리고 보니 아까 가면을 쓴 남자가 찾아와서 마왕군 간부인 데들리 포이즌 슬라임이 어떻게 됐는지 물어보던데, 너희 지인이냐?"

바닐 나리가 여기 왔었던 것 같군. 무슨 일로 이런 곳에 온 거지?

"아마 내 지인이 맞을 거야. 그 사람, 또 다른 소리는 안 했어?"

"무능 점주의 뒤치다꺼리니, 증거는 남아있지 않겠지, 같은 소리를 중얼거리더군."

나리는 다른 볼일이 있는 것 같은걸. 좀 신경이 쓰이지만 나리가 하는 일에 쓸데없이 간섭하지 않는 편이 좋을 것이다. 내 감이 그렇게 고하고 있었다.

일단 그 일을 제쳐두기로 하고, 당면한 문제는 이 고지식한 기사들을 설득하는 것이다. 이런 녀석들은 보통 말로 설득하는 것은 무리다.

뭐, 그래봤자 이 녀석도 아쿠시즈 교도겠지. 거짓말로 속여서 이용하자고.

"어이어이, 같은 아쿠시즈 교도끼리 너무한 거 아냐? 이거 줄 테니까 좀 봐달라고."

나는 그렇게 말하고 기사에게 뭔가를 쥐어줬다.

"뇌물이 통할 거라고 착각하나 본데…… 온천 만두와 아쿠시즈 교단 입교서잖아! 우리는 에리스 교도라고!"

여관에서 제공한 서비스 상품으로 매수하는 건 무리인가.

"아쿠시즈 교도처럼 정신 나간 놈들에게 중요한 시설의 경비를 맡길 리가 없잖아!"

듣고 보니 맞는 말이었다. 반론이 생각나지 않았다.

고지식하고 성실한 사람이 대부분인 에리스 교도에게 딱 맞는 일거리이기도 했다.

"나와 같은 에리스 교도였구나. 무리한 부탁을 해서 미안해."

크리스는 고개를 숙인 후 기사들에게 신도의 증표를 보여줬다.

그러자 남자들의 표정이 온화해졌다. 효과가 끝내주는걸.

"역시 에리스 교도였나. 왠지 친근감 같은 게 느껴지는 것 같았어."

"응. 무심코 부탁을 들어줄 뻔 했지."

"하하하하, 그랬구나."

크리스는 멋쩍은지 머리를 긁적이며 잡담을 시작했다.

내가 좀 떨어진 곳에서 멍하니 마을을 쳐다보고 있는 사이, 이야기를 마친 크리스가 기사들에게 손을 흔들면서 돌아왔다.

"이 마을에도 에리스 교도가 있구나. 왠지 기쁘네~."

"전원이 아쿠시즈 교도면 무법지대가 되잖아. 그건 그렇고, 조사는 어떻게 할 거야?"

"아, 그건 됐어. 자세한 이야기를 들었으니까, 그걸로 충분해."

"의뢰 완료구나! 그럼 빨리 밥이나 사달라고."

"그래. 약속을 지킬게. 밥 먹으러 가자."

왠지 기분이 좋아 보이는 크리스와 함께 마을에 돌아온 나는 테라스가 있는 커다란 가게에 들어갔다.

메뉴도 풍부하고 가격도 적당했다. 괜찮은 가게 같은 걸.

주문한 음식이 우리 테이블로 옮겨졌다. 하나 같이 맛있는 향기를 풍기고 있어서 나는 무심코 마른 침을 삼켰다.

"에리스 교도이신 손님. 이건 저희 가게에서 드리는 서비스입니다."

"오오, 에리스 교도한테는 서비스를 주는구나. 나도 에리스교에 입교할 걸 그랬네."

크리스는 기사들과 이야기할 때 보여줬던 신도의 증표를 계속 꺼내놓고 있었다. 아무래도 웨이트리스가 그걸 본 것 같았다.

기사들과 마찬가지로 이 가게를 운영하는 사람도 에리스

교도인 거겠지.

식사를 가져다준 웨이스트리스가 테이블 위에 무언가를 두며 미소 지었다.

그것은 부드러운 재질로 된 사발 모양의 물체 두 개였다.

"고마⋯⋯."

그것을 본 순간, 크리스의 표정이 얼어붙었다. 말아 쥔 주먹 또한 부들부들 떨리고 있었다.

"이거, 혹시 가슴에 넣는 뽕패드 아냐?"

에리스 교도인 크리스의 가슴이 절벽이나 다름없다는 점을 가지고 놀릴 생각으로 이걸 가져다준 걸까.

아쿠시즈교는 진짜 장난 아니네.

나는 기분이 나빠진 크리스를 데리고 여관으로 돌아갔다.

돌아가던 도중, 술에 취한 아쿠시즈 교도들이 큰 목소리로 늘어놓는 어이없는 소리가 우리의 귀에 들어왔다.

"물론 아쿠아 님은 최고지만 실은 에리스 님도 매력적이라고 생각해."

"이 배교자가 무슨 소리를 하는 거야?! 하지만 초상화 속에서 미소 짓고 있는 모습과 그 가슴이 매력적이라는 건 인정하겠어. 그 풍만한 가슴에 얼굴을 묻고 싶네!"

"이해해! 진짜 끝내준다니깐~. 아쿠아 님의 매력과는 또 다른 매력을 지니셨거든. 포용력이 있는 순정파 히로인 같다고 할까? 아쿠아 님과는 친구가 되고 싶지만 에리스 님은 마누라로 삼고 싶다고~."

"바로 그거야!"

주정뱅이들이 왁자지껄 떠들어대고 있군.

자기가 숭배하는 신과 친구가 되고 싶다는 소리를 해도 괜찮은 걸까?

자유분방한 아쿠시즈교라면 그 정도는 용서해줄 것 같긴 해.

"그런데 왜 네가 부끄러워하는 거야?"

"뭐? 아, 아무것도 아냐!"

크리스는 허둥지둥 두 손을 내저었다.

에리스 교도라서 여신 에리스가 저런 말을 듣는 게 기쁜 걸지도 모른다.

"여신 아쿠아는 대체 어떤 녀석일까? 이렇게 강렬한 신도들을 둔 그 신이 어떤 녀석일지 궁금해. 한 번 만나보고 싶은걸."

"이미 몇 번이나 만나봤는데……."

"방금 무슨 말 했지?"

"아무 말도 안 했어."

크리스가 웅얼거리는 목소리로 뭐라고 중얼거린 것 같지만 딱히 추궁할 일도 아니기에 넘어갔다. 다시 여관을 향해 나아가고 있을 때 주정뱅이들의 목소리가 계속 들려왔다.

"하지만~. 그 가슴은 가짜겠지?"

"그렇대. 나는 가슴이 작은 건 용납하거든. 그래서 에리스

님이 뽕패드를 쓰는 게 너무 아쉬워~."

크리스는 그 말을 듣더니 흠칫했다.

이 녀석은 에리스 교도니까, 자기가 모시는 여신이 바보 취급을 당하는 소리를 듣고 화가 난 게 틀림없어.

하지만 나도 여신 에리스의 가슴은 가짜라고 생각한다.

"이제 잘래……."

"그래? 저기, 뭐냐. 나는 여신 에리스가 여신 아쿠아보다는 낫다고 생각해."

"하하……. 고마워."

어찌어찌 여관에 도착한 후, 나는 고개를 푹 숙인 채 계단을 올라가는 크리스의 등을 쳐다보고 위로의 말을 건넸다.

에리스 교도는 이 마을에 얼씬도 하지 않는 편이 낫겠는걸.

원천을 지키던 기사들도 신세한탄을 해서 크리스가 동정했을 정도니까 말이다.

"뭐, 나와는 상관없지."

의기소침한 크리스를 곁눈질하며 술과 음식을 마구 즐긴 덕분에 배도 채웠고, 술기운이 얼큰하게 돌기 시작했다. 이제 그만 잘까.

침대에 들어간 나는 골 때리는 아쿠시즈 교도와 풀이 죽은 크리스를 까맣게 잊고 기분 좋게 잠에 빠져들었다.

……하지만 곧 누군가가 문을 두드리는 소리를 듣고 잠에서 깨어났다.

창밖을 보니 아직 한밤중인 것 같았다. 바닐 나리가 아직 돌아오지 않은 것 같은데, 열쇠가 없어서 문을 두드린 걸까?

"나리야? 문 열어줄게."

몸을 일으킨 내가 잠겨있던 문을 열어보니 복도에는 융융이 서 있었다.

융융은 고개를 푹 숙인 채 손가락을 꼼지락거리고 있었다.

……온천에서의 일로 불평을 늘어놓으러 온 건가 보네.

"저, 저기, 말이죠."

"혼욕에서는 미안했어. 하지만 너희가 내가 있는 혼욕에 들어왔던 거라고."

마도구의 힘이 영향을 미쳐서 그렇게 된 거지만 나리가 털어놓지 않는 이상 들킬 일은 없었다.

그러니 그 점을 숨기고 얼버무리기로 작정했다.

"그, 그건 알아요. 그래도 이상해요. 왠지 이상하게 적극적이 됐을 뿐만 아니라, 더스트 씨가 좀 멋있어 보였어요. 제 착각이 틀림없겠지만 말이에요."

"그, 그랬구나. 술이라도 마신 거 아냐?"

"딱히 마신 기억은 없지만 우연히 마신 걸까요."

융융은 고개를 갸웃거리면서 그렇게 말했다.

아무래도 잡아떼는 것도 가능할 것 같았다.

"그렇게 된 거 아닐까? 점원이 주스를 내줘야 하는데 실수로 술을 내줬고, 여행을 와서 들뜬 나머지 무심코 마셔버린 거 아냐?"

"그렇, 겠죠? 으음, 혼욕에서의 일은 고블린에게 두들겨 맞았다고 생각하고 잊을게요. 그때 제가 한 말은 전부 거짓말이라고요! 그러니까, 더스트 씨도 잊어주세요!"

융융은 두 손을 꼭 말아 쥐더니 얼굴을 김이 날 것처럼 새빨갛게 붉히며 부끄러워했다.

나한테 알몸을 보여준 것을 신경 쓰고 있는 걸까.

"응. 이미 잊었으니까 너무 신경 쓰지 마. 너희 셋 중에서는 네가 가장 끝내줬다고!"

"잊기는 뭘 잊었다는 거예요!"

내 가슴을 때리는 융융을 어찌어찌 달래서 방으로 돌려보냈다.

역시 아직 애야. 성적인 걸로 놀리지는 말아야겠네.

이제 푹 자자고 생각하며 다시 침대에 들어간 나는, 모포를 어깨까지 덮었다.

3

"이 마을 주민들은 대체 어떻게 되어먹은 거냐 말이다!"

나는 바닐 나리의 격앙된 목소리를 듣고 잠에서 깨어났다.

"나리, 아침부터 왜 그러는 거야?"

"이미 점심때가 다 되었다, 번뇌 양아치여. 아쿠시즈 교도는 하나같이 용서 못할 존재구나. 프리스트들에게 그 게으름뱅이 여신의 험담을 했더니, 신앙심을 잃는 건 고사하고 「역시 아쿠아 님이시다」라며 찬양했단 말이다! 하나 같이 정신이 나간 게 틀림없다!"

"태클을 날릴 포인트가 꽤 많은 발언이긴 한데 말이야. 그것보다 나리는 여신을 만난 적이 있어?"

"꽤 자주 보는 편이지! 부르지도 않았는데 한가하다며 놀러올 정도다. 아무튼, 그런 건 아무래도 상관없다. 이 마을에 사는 망할 주민들에게 한 방 먹여줘야 화가 풀릴 것 같구나!"

나리가 이렇게 화를 내는 건 흔치 않은 일인데…….

……아~, 그렇지도 않나. 미인 점주가 쓸데없는 물건을 사들여서 적자를 낼 때마다 불같이 화를 내니까 말이야.

나리는 분노한 나머지 여신을 자칭하는 장기자랑 프리스트와 아쿠시즈교의 진짜배기 여신을 혼동하고 있는 것 같지 않아?

툭하면 마도구점에 놀러 와서 민폐만 끼치는 건 카즈마네 프리스트잖아.

"숙박 기간은 모레까지지? 그 녀석에게 도움을 받아서 이 마을을 혼돈의 도가니로 만들어줘야겠군. 악감정으로 충만한 멋진 곳으로 만들어주마! 후하하하하하하하하!"

나리가 흥분한 목소리로 혼잣말을 늘어놓는 사이, 몰래

방에서 빠져나온 나는 1층으로 내려갔다.

크리스 이외의 멤버 전원이 그곳에 모여 있었는데, 다들 지칠 대로 지친 표정으로 테이블에 엎드려 있었다.

"젠장, 나도 드디어 여자에게 인기가 생겼나 했는데……. 내 인생에도 봄날이 찾아온 줄 알았다고."

"이제 여관 밖으로는 한 발자국도 안 나갈 거다. 이 마을은 마굴이야……."

키스와 테일러의 옷과 바지 호주머니에는 아쿠시즈교의 입교서가 잔뜩 들어 있었다. 그것만 봐도 무슨 일이 있었는지 알 것 같네.

"전에 왔을 때보다 권유 방식이 악화되었어요……. 하지만 이런 수법을 어디서 본 적이 있는 것 같은데…… 으음."

그 중에서 비교적 기운이 남아있는 융융이 이마에 손을 댄 채 생각에 잠겨 있었다.

예전에 이 마을에 와본 경험이 있는 만큼, 어느 정도 면역이 있는 것 같았다. 그런데도 우리 중에서 권유에 가장 취약한 모습을 보이고 있지만 말이다.

"가게에 돌아가고 싶어……. 아쿠시즈교 무서워……. 방에 돌아갈래요……."

내 옆을 스쳐지나간 로리 서큐버스는 자신의 몸을 부둥켜안은 채 부들부들 떨면서 계단을 올라갔다.

대미지를 가장 많이 받은 것 같다. 그러고 보니 온천이 성수가 된 탓에 하급 악마인 서큐버스는 김에 닿기만 해도 고통을 느꼈다.

바닐 나리 수준이면 아무렇지도 않지만 말이다.

"더스트. 일정을 앞당겨서 그냥 돌아가면 안 될까?"

린도 꽤 피곤해 보이는걸.

어제 혼욕 온천에서의 일을 언급하지 않을 만큼 전원이 초췌해진 것은 나로선 잘된 일이지만, 아무래도 예정을 앞당기는 편이 좋을 것 같았다.

로리 서큐버스의 몸도 걱정되니까 말이야. 그렇게 할까.

"좋아. 이곳은 오래 머물 곳이—."

"잠깐만 기다려~!"

내 말을 막은 이는 어제와 다르게 활기가 넘치는 크리스였다.

그녀는 힘찬 발걸음으로 우리를 향해 걸어오더니 테이블을 세게 내려쳤다.

"너희가 협력해줬으면 하는 일이 있어! 이 마을을 이대로 두면 안 될 것 같지 않아?!"

"어, 크리스 씨?"

융융은 크리스와 아는 사이인지 그녀를 보고 깜짝 놀랐다.

다른 이들도 크리스의 박력에 압도당한 건지 고개를 들어서 그녀를 지그시 쳐다보았다.

불길한 예감이 들지만 일단 이야기라도 들어보도록 할까.

"에리스 교도가 핍박을 받으며 사는 게 납득이 안 돼. 에리스 교도들의 처우를 개선할 방법을 생각해줬으면 해. 딱히 뽕패드 때문에 화난 건 아냐!"

크리스는 어제 기사들의 이야기를 듣고 나름대로 이런저런 생각을 한 것 같았다.

열성적인 에리스 교도로서 어떻게든 해주고 싶은 것이리라. 심정은 이해하지만 솔직히 말해 아쿠시즈교와는 얽히고 싶지 않았다.

"더스트, 더스트. 저 사람은 때때로 카즈마 일행과 같이 행동하는 도적 여자애 맞지?"

우리는 얼굴을 모은 후, 열변을 토하는 크리스를 힐끔힐끔 쳐다보며 작은 목소리로 이야기를 나눴다.

"맞아. 크리스라는 이름의 도적인데, 에리스 교도라네. 아무래도 이 마을의 참상을 두 눈으로 보고 저러는 것 같아."

"동정은 하지만 더는 아쿠시즈교와 얽히지 않는 편이 좋을 것 같은데……. 나와 같은 생각인 사람은 손을 들어봐."

린이 그렇게 말했고 허공을 응시하며 이야기 중인 크리스 이외의 전원이 손을 들었다.

"하지만~, 그 녀석들에게 실컷 당하기는 했잖아. 좀 앙갚음을 해주고 싶다고 할까, 한 방 먹여주고 싶기는 하네."

"그 심정은 나도 이해해."

키스가 중얼거린 말에 테일러가 동의했다.

"크리스 씨와 저는 같은 단원이니까, 마음 같아서는 협력하고 싶지만……."

융융은 협력하고 싶은 마음이 있기는 하지만 내키지는 않아 보였다.

린도 인상을 찡그리고 있는 것을 보면 같은 심정인 것 같았다.

도와준들 우리에게는 득이 될 것이 없다. 그냥 대충 말을 맞춰주면서 이야기를 듣고 있는 척 하는 편이 좋을지도 모른다.

크리스도 불만을 전부 토하고 나면 개운할 테니까 말이다.

"요즘 들어 액셀 마을에서 야한 그림이 그려진 책이 유통되고 있는데, 소문에 따르면 그것도 아쿠시즈교의 짓인 것 같아……."

나는 그 말을 듣고 뜨끔했다.

그건 내가 팔아치운 음란 서적이 틀림없다.

동료들은 그 사실을 알기에 다들 나를 쳐다보았다.

"에리스교에서 그 책들을 회수해서 아쿠시즈교에 따지러 갔더니 「범인은 우리가 아니지만 정말 끝내주는 책이군요! 자, 어디가 외설스러운 부분인지 자세하게 설명해주시죠!」 같은 식으로 성희롱을 당했데. 외설물 진열죄에 저촉되니까, 경찰과 협력해서 아쿠시즈 교단을 본격적으로 수사할 예정이라던데……."

본격적인 수사가 시작되면 그 책을 판 사람이 나라는 것도 금방 밝혀질 것이다.

이거, 큰일 난 거 아냐?

"아, 맞다. 전에 손에 넣었던 보물을 팔아서 번 돈 말인데, 더스트한테 돌려줄게."

"나도 돌려주겠어."

"맞아. 나도 돌려줄래."

"너희만 쏙 빠져나가려는 생각인가 본데, 그렇게는 안 돼!"

"어, 어, 무슨 이야기죠?"

유일하게 상황 파악을 못한 융융은 일단 무시하기로 하고, 이 녀석들은 나한테 죄를 전부 뒤집어씌울 생각인 것 같았다.

큰일 났다. 이대로 있다간 또 경찰 신세를 지게 될 것이다.

그건 괜찮지만 매상을 몰수당하는 건 대미지가 크다.

크리스에게 협력해서 에리스교에 빚을 지우는 편이 나으려나.

"좋아~, 알았어. 우리도 도와줄게. 실은 우리도 이 마을의 아쿠시즈 교도에게 한 방 먹여주고 싶었거든! 다들, 안 그래?"

내가 동료들에게 그렇게 말하자 내 생각을 눈치챈 그들은 투덜거리면서도 동의했다.

유일하게 상황파악을 못한 융융은 안절부절못했지만 질문을 할 용기는 없는 것 같았다. 나중에 설명을 해주도록 할까.

원래 키스와 테일러의 휴양을 위해 이 여행을 온 건데, 피로가 풀리는 것은 고사하고 오히려 악화되고 있었다.

동료들과 친구들에게 민폐 짓을 해댄 아쿠시즈 교도들에게 한 방 제대로 먹여주지 않는다면 직성이 풀리지 않을 것 같았다.

"정말이야?! 고마워!"

크리스가 눈을 반짝이며 기뻐하는 모습을 보고 나는 어떤 아이디어가 떠올랐다.

일전에 봤을 때부터 느꼈던 데자뷰의 정체를 깨달은 것이다.

"좋은 아이디어가 생각났어. 내 생각대로 잘만 풀린다면, 이 마을에도 에리스 교도가 늘어날지도 몰라."

4

내 아이디어를 실행에 옮기기 위해서는 부족한 것이 있기 때문에, 나는 그것들을 조달하기 위해 마을 안을 어슬렁거렸다.

목적지는 이 근처였던 걸로 기억하는데…….

"그런데 왜 네가 나를 따라온 거야?"

"더스트 씨 혼자 보내려니 불안해서요……."

어찌된 영문인지 융융이 내 옆에 있었다.

그녀는 시선을 피하듯 지면을 쭉 쳐다보고 우물쭈물 그렇게 말했다.

혹시 아직도 혼욕 가지고 나한테 할 말이 있는 걸까.

"나도 알몸을 보여줬으니까 피장파장 아냐? 혹시 손해 본 것 같으면 말해. 이 자리에서 내 속살을 보여주지."

"그건 됐어요! 떠올리기도 싫으니까 그 일은 언급하지 말아주세요!"

어라, 그게 아닌가.

그 일을 아직도 질질 끌고 있는 거라고 생각했는데 말이다.

"필요한 게 있어서 빌리러 가는 것뿐이라고."

"그, 그런가요. 저기, 그게, 오늘은 날씨가 참 좋네요."

나는 그 말을 듣고 하늘을 올려다보았다. 확실히 날씨가 좋기는 했다.

융융이 하고 싶어 하는 말이 뭔지 몰라서 다시 쳐다보니, 그녀는 아까보다 나에게 더 다가와 있었다.

유심히 쳐다보자 웬만해서는 눈치 채지 못할 만큼 서서히 나에게 접근하고 있었다.

"저기, 뭐하는 거야?"

"예엣?! 아, 아무것도 아니에요!"

융융은 어마어마한 속도로 손을 내저었다.

부끄러워하는 것 같은데, 그럼 왜 다가온 거냐고······.

아직 마도구의 효과가 지속되고 있는 것······ 같지는 않았다. 그것은 일종의 마법이며, 여자들 중에서 마력이 가장 강한 이 녀석은 저항력 또한 뛰어나서 금방 회복될 테니까 말이다.

그렇다면 자신의 의지로 이러고 있다는 거잖아. 역시 이해가 안 되네.

"그런데, 어디 가는 거죠?"

"아, 연극 극장에 가는 거야."

"연극 극장이요? 재미있는 연극을 하고 있으면 좋겠네요. 연애극 같은 건 안 하려나요~."

"아, 연극을 보러 가는 건 아냐."

융융이 착각에 빠진 것 같아서 나는 딱 잘라 그렇게 말했다.

융융의 반응 하나하나에서 위화감만 느껴지지만 딱히 방해를 하지 않는다면 그냥 내버려두기로 했다.

"아, 저기에 좀 괜찮아 보이는 카페가 있네요!"

"한턱 쏘라는 거야? 흥, 이 몸의 얇디 얇은 지갑에 돈이 들어있을 것 같아?"

"더스트 씨는 정말 주변머리가 없네요……."

융융이 나를 도끼눈으로 노려봤지만 그런다고 없는 돈이 생길 리가 없다.

우리가 카페를 무시하고 한동안 나아갔을 즈음, 융융이 이번에는 노점상 앞에서 멈춰 섰다.

"더스트 씨, 더스트 씨! 귀여운 봉제인형이 있어요!"

나는 융융이 들고 있는 봉제인형에 달린 가격표를 보고 미간을 찌푸렸다.

내가 한 번 술 마실 때 드는 돈의 몇 배나 되는 금액이 거기에 적혀 있었던 것이다.

"우엑, 겨우 이딴 걸로 돈을 받아먹는 거냐. 어이, 이건 사실 싸구려지? 반값에 팔 생각 없어?"

"그, 그게, 이것보다 더 싸게 드릴 수는 없습니다……."

"저, 저기, 부끄러우니까 그만하세요! 죄송해요! 죄송해요!"

나는 점주에게 따지고 들었고 융융은 나를 점주에게서 떼어냈다.

"정말! 노점상 주인에게 폐를 끼치면 안 되잖아요."

"네가 가지고 싶어 하니까, 싼값에 사려고 교섭을 했을 뿐이라고."

그 후에도 융융은 액세서리를 파는 노점이나 귀금속점 앞에서 걸음을 멈추며 야단법석을 떨었지만, 나는 깔끔하게 무시한 뒤 연극 극장으로 향했다.

"결국 그럴 듯한 일은 없었네요……."

"그게 무슨 소리야?"

고개를 푹 숙인 융융이 가라앉은 목소리로 저렇게 중얼거리니 좀 섬뜩하네.

오늘은 평소보다 텐션이 높을 뿐만 아니라 공회전도 엄청하는 것 같은걸.

"이제 됐어요……."

뭔가 목적이 있지만 체념한 건지, 융융은 혼자서 돌아가 버렸다.

이상한 녀석이네. 뭐, 좋아. 나는 내 볼일이나 후딱 처리해야지.

5

"이제 와서 이런 소리를 하는 것도 좀 그렇지만 이런 짓을 했다가 천벌을 받지는 않을지 걱정되네……."

"너도 아까까지는 재미있어 했었잖아. 괜찮을 거라고. 여신 에리스는 상냥해 보였으니까, 분명 웃으면서 용서해줄 거야."

린은 걱정스러운 눈길로 크리스를 응시했다.

참고로 당사자는 의자에 앉아서 쓴웃음을 짓고 있었다.

크리스에게 화장을 시키고 의상을 입히자 내 예상대로 여신 에리스를 쏙 빼닮았다.

만난 시간은 얼마 되지 않아서 똑똑하게 기억하지는 않지만 분명 이런 느낌이었다.

전부터 크리스가 누군가를 닮았다고 생각했는데, 볼의 상처를 화장으로 가리고 그럴듯한 옷을 입히니 진짜 에리스 같아 보였다.

"데자뷰가 느껴지네. 얼마 전에도 이런 짓을 했던 것 같은 느낌이 들어…….

크리스는 볼을 긁적이며 난처한 표정을 지었지만 에리스 교도를 위한 일이기에 각오를 다진 것 같았다.

"더스트, 이 의상은 어디서 난 거야? 초상화 속 여신 에리스의 옷과 비슷하잖아. 이 마을에 용케 그런 옷이 있었네."

"이 마을 극장에서 하는 인기 연극 중에는, 툭하면 실수나 사고를 벌이는 후배 여신 에리스의 뒤치다꺼리를 선배 여신인 아쿠아가 한다는 내용의 작품이 있는 것 같더라고. 그 연극에 쓰이는 의상을 빌려왔어."

"어, 실은 정반대인데……."

크리스는 뭔가 할 말이 있다는 듯 인상을 찡그렸다.

에리스 교도는 그런 이야기를 받아들일 수 없는 것 같았다.

"딱히 여신 에리스를 사칭해서 신도를 늘리려는 건 아냐. 여신 에리스 감사제 때도 여신으로 가장을 하잖아? 그것과 똑같으니까 문제는 안 될 거라고. 그리고 여신 에리스와 비슷한 복장을 한 사람이 마을을 돌아다니다 선행을 베풀면, 조금은 에리스 교도의 입지가 나아지지 않겠어?"

"하지만~, 이런 복장으로 아쿠시즈교의 총본산을 돌아다니는 건 자살행위 아냐?"

키스가 그런 태클을 날리자 전원이 침묵에 잠겼다.

에리스 교도라는 사실을 들키기만 해도 그렇게 괴롭힘을 당하는 마을이다. 별 문제없이 무사히 마칠 수 있을 거라는…… 생각은 들지 않았다.

"저기, 무슨 말 좀 해봐! 나 지금 자살하러 가는 거야?!"

"그래도 살해당하지는 않을 거야……. 아마도."

"내 눈을 보면서 말해! 왜 다들 시선을 피하는 건데?!"

나는 얼마 전에 액셀 마을에서 열렸던 여신 에리스 감사
제를 참고해서 이 계획을 짰다.

나는 현장에 있지 않았지만 미스 여신 에리스 콘테스트에
진짜 여신이 강림했다고 한다.

그 이야기는 각지로 퍼져나갔으니, 이 마을 사람들이 이
곳에 여신 에리스가 강림했다는 착각을 할 가능성은 충분
히 있었다.

"뭐, 여신일지도 모르는 상대에게 폭언을 퍼붓거나 폭행을
하지는 않을 거야. 아무리 아쿠시즈 교도라도 말이야."

"맞아. 아무리 아쿠시즈 교도라도 그렇게까지는 하지 않
을 거야."

"그래, 그래. 맞아."

동료들은 자기 자신을 억지로 납득시키려는 듯이 고개를
끄덕였다.

"하지만 가짜라는 걸 들키면 어떻게 될까요……."

융융이 그렇게 중얼거렸고 다들 또 입을 다물었다.

진짜 여신 에리스가 이 자리에 있더라도 불안할 텐데, 가
짜라는 걸 들킨다면…….

"곤죽이 되도록 두들겨 맞은 끝에 이 마을에서 쫓겨나는 건 기정사실이려나."

"그 정도로 끝나면 좋겠네요. 이곳 사람들은 에리스 교도를 괴롭히는 걸 삶의 보람으로 삼는 것 같으니까요."

이 마을에 대해 가장 잘 아는 융융의 말이니 신빙성이 있었다.

게다가 겨우 이틀이기는 해도 이곳에 머물며 받은 느낌에 비추어 봐도 그 말이 틀림없어 보였다.

"저기, 너희의 말을 들으니 불안만 엄습하거든?! 그냥 관두자. 에리스 교도들의 입지가 개선되면 좋겠지만 이 방법은 옳지 않은 느낌이 들어!"

"다른 방법을 찾아볼까."

내가 그렇게 말하자 다들 안도하는 표정을 지었다.

이 작전을 포기한 건 좋지만 그렇다고 다른 아이디어가 있냐면—.

"악마가 나타났어! 분수 광장에서 아쿠아 님을 욕하고 있대!"

"악마!!"

여관 밖에서 고함소리와 많은 이들의 발소리가 들리자 크리스는 에리스로 분장한 채 건물 밖으로 뛰쳐나갔다.

"자, 잠깐만 기다려! 그 꼴로 가면 안 돼!"

"크리스 양?! 가면 안 돼! 위험하단 말이야!"

우리도 허둥지둥 크리스의 뒤를 쫓았다.

에리스교 또한 아쿠시즈교와 마찬가지로 악마를 질색한다는 이야기는 들었지만 설마 저 복장으로 뛰쳐나갈 거라고는 생각도 못했다.

다행히 이 마을 사람들은 핏발 선 눈으로 앞만 보며 뛰어가느라 크리스가 눈에 들어오지 않는 것 같았다.

광장에 가보니 그곳에는 어제는 없었던 목제 무대가 있었다. 그리고 그 위에는 바닐 나리와 로리 서큐버스가 있었다.

바닐 나리는 가슴을 쫙 편 채 자신을 둘러싼 시민들을 내려다보고 있었지만, 옆에 선 로리 서큐버스는 부들부들 떨면서 나리의 옷소매를 꼭 움켜쥐고 있었다.

저 둘은 대체 뭘 하고 있는 거지. 여기서 악마라는 사실을 들키면 난리가 날 게 틀림없는데…….

"저건…… 조수 군의 집에서 봤던 인간형 인형이잖아? 묘한 느낌이 들기는 하는데, 이 모습일 때는 능력이 억제되기 때문에 잘 모르겠네."

분노에 사로잡혀 있던 크리스는 바닐 나리를 보더니 어리둥절한 표정을 지었다.

뭐가 어떻게 된 건지는 모르겠지만 조금은 진정한 것 같았다.

바닐 나리는 태연했으나 주위에 있는 아쿠시즈 교도들은 금방이라도 나리에게 달려들 것처럼 흥분한 상태였다.

"얼마 전에는 아쿠아 님을 자처하는 천벌 받아 마땅한 프리스트가 나타나더니, 이번에는 아쿠아 님을 헐뜯는 악마 같은 남자가 나타났어!"

"후하하하하! 어리석은 여신을 신봉하는 어리석은 주민들이여, 이 몸의 부름에 응해줘서 고맙다. 아, 그러고 보니 어리석다는 말이 반복해서 들어갔군. 이거 실례했는걸."

바닐 나리는 이마에 손을 대더니 몸을 젖히고 웃음을 터뜨렸다.

나리는 조롱도 엄청 잘하네.

"어리석고 무능한 자들에게 진실을 알려주지. 그러니 이 몸에게 진심으로 감사하도록."

"무슨 소리를 하는 거냐! 그 가면은 좀 멋지지만 아쿠아 님을 헐뜯는 건 절대 용납 못한다!"

"아쿠아 님을 바보 취급하다니, 이 악마 같은 놈!"

"너희는 진짜로 그 무능과 나태의 화신 같은 존재를 여신으로 숭배하는 것이냐! 에리스교에 쳐들어가서 온갖 민폐는 다 끼치고, 코가 삐뚤어질 정도로 술을 마셔대며, 야단법석하게 술주정을 부리다 길드 직원에게 혼나는 걸로 모자라, 연회용 장기자랑 말고는 제대로 할 줄 아는 게 없다는 평판을 듣고 있는 그딴 녀석을 말이다!"

나리, 열변을 토하고 있는 와중에 초치는 소리를 해서 미안한데 말이야. 그건 여신이 아니라 아쿠아라고⋯⋯.

한편, 아쿠시즈 교도들은 진지한 표정으로 이야기를 듣더니 연달아 고개를 끄덕였다.

그리고 전원이 동시에 고개를 치켜들고 한목소리로 말했다.

"""완전 최고네!"""

이 녀석들, 대체 무슨 소리를 하는 거야……

"그야말로 아쿠시즈교의 가르침을 따르고 계시네! 『자신을 억누른 채 성실하게 살아본들, 노력하지 않고 편하게 살아본들, 내일 무슨 일이 일어날지 알 수 없다. 그렇다면 알 수 없는 내일보다는, 명확한 오늘을 편하게 살아라』. 그게 아쿠아 님의 가르침이거든!"

"맞아, 맞아. 아쿠시즈교의 교의도 모르는 거냐? 『그대, 뭔가를 고민하고 있다면 현재를 즐겁게 살라. 그냥 편한 쪽을 택하라. 자신을 억누르지 말고, 본능에 따라 나아가라』. 나는 매일 그 가르침을 복창한다고!"

"이래서 풋내기는 문제라니깐. 잘 들어. 『그대, 참을 필요 없노라. 마시고 싶을 때 마시고, 먹고 싶을 때 먹어라. 내일은 즐길 수 없을지도 모르니……』. 안 까먹게 메모해둬!"

아쿠시즈교의 프리스트 복장을 한 녀석들이 바닐 나리에게 다가갔다.

그건 그렇고 교의 하나하나가 그야말로 주옥같은걸.

아쿠시즈교도 의외로 나쁘지 않은 것 같네.

"더스트의 인생철학과 똑같네. 이러니 아쿠시즈 교도라는 오해를 받는 거야."

"……나, 그 정도로 심각한 거야?"

"""응."""

여자들은 한 목소리로 그렇게 대답했다. 남자들은 아무 말 없이 고개를 끄덕였다.

지금까지 접했던 아쿠시즈 교도들의 언동을 떠올리며, 나는 그 녀석들과 별반 차이가 없는 거냐……라며 고민하고 있는 사이에도, 신도들과 나리의 말다툼은 계속 이어졌다.

"가면 쓴 당신. 마치 아쿠아 님을 직접 본 것처럼 지껄이는데 말이야. 우리는 아쿠아 님께서 강림했다는 이야기는 들은 적이 없어! 아쿠아 님을 자처하는 천벌 받을 인간이라면 얼마 전에 봤지만 말이야."

어느 여신도가 그렇게 외치자 다른 신도들도 그 말에 동의했다.

……응? 왜 프리스트들이 일제히 시선을 피하는 거지?

"훗, 네놈들이 모르는 것뿐이다. 여신 아쿠아는…… 어이쿠, 이 말을 하면 아쿠시즈 교도들이 더 기뻐 날뛸지도 모르겠군. 흠, 어리석은 자를 숭배하는 얼간이 집단이여. 잘 듣도록. 액셀 마을에 여신 에리스가 강림했다는 소문을 들은 적은 있나?"

나리가 그렇게 물었고 이 자리에 모인 이들이 술렁거렸다.

"들은 적 있어. 감사제 때 모습을 보였다며?"

"에리스교 녀석들이 자랑스레 떠벌리고 다녔지."

아무래도 그 이야기는 이 마을까지 전해진 것 같았다.

어쩌면 우리는 꽤 괜찮은 작전을 짰던 걸지도 모른다.

"알고 있는 것 같군. 에리스가 강림했다는 사실을 안 아쿠아는 혼자 강림한 에리스가 부럽다며 뒤따라 강림했다. 자기도 시끌벅적하게 놀아재끼고 싶다면서 말이지."

정말 지리멸렬하고 어이없는 이야기다.

이 민폐 집단도 그런 이야기를 믿을 리가 없었다.

"말도 안 돼. ……하지만 아쿠아 님이라면 그럴지도 몰라."

"아쿠아 님이니까 말이지."

"아쿠아 님이시라면 그러고도 남지."

다들 순순히 믿었어!

그런 교의를 퍼뜨린 여신이라면 솔직히 말해 그런 짓을 하고도 남는다는 생각이 들긴 해.

"이곳에 올 때까지는 아쿠시즈교를 진심으로 쓰레기 취급했지만 이제는 반성한다. 아쿠시즈 교도의 겉모습만 보고 게으름뱅이 낙관주의자라고 생각했으나, 그들의 마음속 깊은 곳에는 자유를 갈구하는 뜨거운 혼이 존재했지. 지금 그것을 접하고, 이 몸은 감명을 받았다!"

나리가 주먹을 말아 쥐고 그렇게 외치자 옆에 있는 로리 서큐버스가 입을 크게 벌린 채 나리를 응시했다.

악마인 바닐 나리는 절대 공감하지 않을 거라고 생각했는데, 결국 나리도 이곳의 나쁜 분위기에 물들고 만 것일까?

……아니, 다른 꿍꿍이가 있는 게 분명해. 알고 지낸지 얼마 되지는 않았지만 나리가 그럴 리가 없다는 것 정도는 알고 있거든.

"흐, 흐음. 아쿠시즈교가 얼마나 멋진 종교인지 이해한 건가. 그럼 이제 너도 우리 동지다. 방금까지의 폭언은 전부 넘어가주지."

신도 중 한 명이 그렇게 말했고 주위에 있는 다른 녀석들도 미소를 지었다.

아까까지만 해도 살벌하기 그지없었던 분위기가 어느새 훈훈한 느낌으로 변했다.

아쿠시즈 교도들은 하나같이 단순하네.

"실은 강림한 여신 아쿠아를 몰래 찍어서 만든 이 사진집으로 떼돈을 벌 생각이었지만 동지인 그대들에게는 반값에 넘겨주도록 하지!"

바닐 나리는 그렇게 말하면서 무대 한편에 있던 나무 상자를 로리 서큐버스와 함께 옮겨오더니 상자의 뚜껑을 열었다.

아하~, 이제야 알겠네. 나리의 속셈을 이제 알겠어.

독설로 주목을 모은 다음, 개심한 기념으로 헐값에 파는 척하며 실은 원래 가격에 파는 것이다. 나리도 상당한 악당인걸.

"아쿠아 님의 사진집?! 사, 사겠어!"

손님들이 쇄도하자 로리 서큐버스는 당황했다.

이래서야 파는 건 고사하고 폭동이 일어나겠네.

나는 주저 없이 나리 곁으로 뛰어간 후 로리 서큐버스와 신도들 사이에 끼어들고 외쳤다.

"어이, 다들 진정해! 줄을 제대로 서지 않으면 안 팔 거라고! 나리, 일손이 부족해 보이네. 내가 도와줄게."

"흠, 눈치가 빠르군. 열심히 일을 해준다면 매상의 1할을 보수로 주지."

"계약 성립이야!"

나와 바닐 나리는 시선 교환만으로 서로의 속내를 이해했다.

우리는 씨익 웃은 후 장사를 본격적으로 시작했다.

"너희도 도와! 융융은 나리의 친구잖아!"

"어, 아, 예!"

벤치 의자 위에 책을 쌓아두고 몰려오는 신도들에게 책을 팔았다.

여신 에리스로 변장한 크리스는 여기 있어봤자 소용없다는 걸 눈치챘는지 여관으로 돌아가는 뒷모습이 눈에 들어왔다.

대량의 사진집이 순식간에 팔려나갔다.

"젠장, 보일 것 같은데 보이지가 않아. 어이, 가위나 날붙이 같은 걸 가지고 있는 사람은 없어?!"

사진집은 내용을 보지 못하도록 끈으로 묶여 있었기에 신도들은 필사적으로 그 끈을 자르려고 했다.

모험가로 보이는 녀석이 휴대하고 있던 단검으로 끈을 자른 후 책의 내용을 보는 모습이 눈에 들어왔다.

"이게 뭐야아아아아아아아아앗?!"

그 녀석은 사진집을 치켜들더니 몸을 한껏 젖히면서 절규를 토했다.

신도들은 그 녀석의 주위에 몰려든 뒤 사진집의 내용을 확인하자마자 그 자리에서 굳어버렸다.

"여기도, 여기도, 이 페이지도……! 뭐가 어떻게 된 거냐고!"

그 자가 집어던진 사진집이 내 눈앞에 떨어지며 활짝 펼쳐졌다.

그 사진집에 실린 건 여신 아쿠아의 사진이 아니라—.

"유감이지만 이 몸의 사진집이었습니다! 후~하하하하하!"

반라 상태의 나리가 포즈를 취하고 있었다.

살기어린 시선이 자신을 향하고 있는데도 나리는 그저 웃고만 있었다.

"끝내주는 악감정이구나! 그 녀석을 믿는 신도들의 악감정이라 그런지 정말 각별한걸! 후하하하하하하! 정말 맛있어!"

"바닐 님! 바닐 님! 웃고 있을 때가 아니에요!"

로리 서큐버스는 겁먹은 표정으로 울면서 나리에게 매달렸다.

그럴 만도 했다. 분노에 사로잡힌 아쿠시즈 교도들에게 포위를 당했으니까 말이다.

"잡아서 온천물에 푹 절인 다음, 사흘 밤낮으로 교의를 들려주자!"

"절대 놓치지 마라!"

신도들이 일제히 달려들기 직전에 로리 서큐버스를 자신에게서 떼어낸 나릴는 그대로 사람들에게 파묻혀, 모습이 완전히 가려지고 말았다.

"바닐 님~!"

"잡았다! 어, 너무 가볍잖아?!"

"화려한 탈피!"

신도들의 목소리에 섞여서 바닐 나릴와 로리 서큐버스의 목소리가 들렸다.

아무래도 나릴가 신도들에게 잡히지 않고 벗어난 것 같은데, 대체 뭘 어떻게 한 거지?

"저, 저기 말이야. 느긋하게 쳐다보고 있을 때가 아니라, 우리도 빨리 도망쳐야 하지 않을까?"

"듣고 보니 그러네."

겁을 먹은 린이 내 소매를 잡아당겼다.

사진집 판매를 도운 우리를 바닐 나릴의 동료라고 여길 테니까 말이야. 그렇다면, 다음 타깃은…….

바닐 나릴가 요리조리 교묘하게 피한 바람에 분노가 극에 달한 신도들이 우리를 쳐다보았다.

아, 눈길 한 번 무시무시하네. 잡혔다간 어떻게 될지 상상도 하기 싫은걸.

"한패거리들도 잡아아아아앗!"

"어이, 다들 퇴각해! 도망치라고! 잡혔다간 뼈도 못 추릴 거야!"

"""어어어어엇?!"""

한발 먼저 도망친 내 뒤를 동료들이 따랐고, 신도들이 해일처럼 우리를 향해 밀려들었다.

진짜로 잡혔다간 그대로 인생에 종칠 것 같다. 그런 확신마저 드는 광경이었다.

그렇게 열심히 뛰어가다 보니 털레털레 걷고 있는 크리스가 보였다.

"여신 에리스가 이런 곳에 있다―!"

그래서 이용하기로 했다.

"암흑신 에리스가 이 모든 일을 꾸민 거냐! 용서 못해!"

우리를 향한 적의의 일부가 에리스로 분장한 크리스를 향했다.

크리스는 몰려드는 사람들을 보더니 당황한 표정으로 도망치기 시작했다.

"뭐야? 무, 무슨 일이 벌어진 건데?! 어, 어, 어?"

"잡히면 무슨 짓을 당할지 모른다고! 그러니까 빨리 도망쳐!"

"여, 영문을 모르겠거든?! 왜 내가 아쿠시즈 교도들에게 쫓겨야 하는 건데?!"

크리스가 나와 나란히 뛰면서 그렇게 물었지만 나는 대답을 할 여유가 없었다.

신도의 체력과 뜀박질 실력은 범상치 않았다. 노인과 어린
애들까지 왜 이렇게 잘 뛰나 했더니 아쿠시즈교의 프리스트
가 강화마법을 걸어준 것 같았다.

"이대로 가다간 머지않아 잡힐 거야! 흩어지자!"

"알았어! 다들 괜찮지?!"

린의 말에 전원이 고개를 끄덕였다. 그리고 삼거리 앞에서
속도를 떨어뜨린 후 융융의 뒤를 따랐다.

융융은 아쿠시즈교의 최고사제와도 안면이 있다는 이야
기를 전에 들은 적이 있었다.

재수 없게 신도들에게 잡히더라도 융융과 같이 있으면 해
코지는 당하지 않을 것이다. ……아마도.

게다가 융융이 홍마족이라는 점을 협박 재료로 삼으면 무
사히 도망칠 수 있을지도 모른다. 나는 재빨리 그렇게 판단
했다.

타고난 외톨이라서 그런지 융융과 같은 길을 선택한 사람
은 나뿐인 것 같았다.

다른 방향으로 간 동료들이 신경 쓰이지만 크리스는 열렬
한 에리스 교도다. 크리스가 감싸준다면 아마 무사할 것이다.

……테일러와 키스는 아직 몸이 안 좋잖아. 일단 내 쪽으
로 유인하도록 할까.

"너희가 준 돈은 내가 유흥비로 잘 써줄 테니까 안심하라고!"

"이 자식, 확 죽여 버리겠어!"

내 고함을 들은 신도들이 나를 노려보았다.

신도들 대부분이 나를 쫓아왔다.

"여차하면 네가 최고사제에게 말 좀 잘해달라고!"

나는 나란히 뛰고 있는 융융을 기대에 찬 눈길로 쳐다보며 그렇게 말했다.

"아, 예. 저만 믿으세요……라고 말할 줄 알았나 보군. 유감스럽게도, 이 몸이었습니다!"

바로 그때, 융융이 달리면서 탈피를 하듯 거죽을 벗던지자 바닐 나리가 모습을 드러냈다.

나는 아연실색하면서도 걸음을 멈추지 않았다. 그리고 뒤편에서 발소리가 들려와서 고개를 돌려보았다.

아무래도 모든 신도들이 바닐 나리를 쫓아오고 있는 것 같았다.

"이교도가 저기 있다~! 돈 내놔, 이 자식아!"

고함과 발소리가 대기를 뒤흔들었다.

……잡히면 진짜로 죽겠는걸.

"말도 안 돼! 나리, 이게 무슨 짓이야?!"

"악감정을 조금이라도 오랫동안 맛보고 싶어서 말이다. 그래서 가장 도망을 잘 치는 자를 방해해서, 어리석은 신도와 그 자가 뿜는 두 종류의 악감정을 얻는다고 하는 악마적 발상이다!"

내가 얽히지만 않았다면 이 말을 듣고 감탄했을지도 모르지만 공교롭게도 내가 당사자라고!

하지만 지금은 불평을 늘어놓을 시간에 조금이라도 숨을 고르는 편이 낫다.

호흡이 흐트러져서 따라잡힌다면 그대로 내 인생에 마친 표가 찍힐 것 같으니까 말이다.

"요즘 툭하면 이렇게 쫓기기만 하는 것 같다고오오오!"

정조의 위기에 이어 이번에는 목숨을 지키기 위해, 나는 아르칸레티아를 마구 뛰어다녀야 하는 상황에 처했다.

6

"수, 숨을 못 쉬겠어······. 사, 사람은 죽을힘을 다하면, 뭐든 할 수 있구나."

전력질주로 어찌어찌 아쿠시즈 교도들을 따돌린 나는 뒷골목에서 고개를 쏙 내밀고 주위에 그 녀석들이 없는지 살폈다.

아무래도 완전히 따돌린 것 같았다.

"이대로 다른 녀석들과 합류한 다음, 아르칸레티아를 떠나야겠어."

"액셀 마을로 돌아가는 건가요?"

"히이이이이이이이이익?! 어, 융융이잖아. 수명이 10년 정도는 줄어든 것 같아."

 누가 뒤편에서 내 어깨에 손을 얹은 탓에 화들짝 놀라며 뒤를 돌아보니, 융융이 내 얼굴을 쳐다보고 있었다.

 "이번에는 진짜겠지……. 너희 쪽은 무사했어?"

 "더스트 씨가 대부분의 신도들을 유인해준 덕분에 금방 따돌렸어요. 으음, 감사해요."

 사실 내 자업자득이나 다름없기 때문인지, 융융이 이렇게 고개를 숙이면서 고마워하니 좀 찝찝했다.

 이 찝찝한 기분을 떨쳐내기 위해선—.

 "융융, 이거 받아."

 나는 아까 연극 극장에서 돌아오는 길에 사뒀던 봉제인형을 융융을 향해 던졌다.

 융융은 입을 크게 벌리고 얼간이 같은 표정을 짓더니 나와 봉제인형을 번갈아 쳐다보았다.

 "어, 이게 뭐예요?"

 "카즈마와 잘 되어가고 있는 폭렬걸한테 자극받아서, 요즘 이상한 행동을 하고 있지? 폭렬걸이 샘나게 하려고, 자기도 데이트쯤은 할 수 있다는 허세를 부리려는 거잖아. 하지만 친분이 있는 남자 지인은 나뿐인 거지?"

 "윽, 눈치챘군요."

 무리를 하고 있는 게 뻔히 보였으니까.

 "남자한테 선물을 받았다고 자랑하면, 그 녀석도 꽤 샘을 내지 않겠어?”

여관으로 돌아가던 도중, 일전에 길드 근처에서 융융과 폭렬걸이 나누던 대화를 떠올린 나는, 얼마 안 되는 전 재산을 탈탈 털어서 저 봉제인형을 샀다.

예산 문제로 융융이 가지고 싶어 했던 것보다 작은 녀석이기는 했지만 그래도 생김새는 똑같았다.

“이걸로 혼욕 일은 없었던 걸로 해드릴게요! 더스트 씨한테도 이런 좋은 구석이 있었군요.”

“그래그래. 칭찬해줘서 고마워.”

융융은 밉살스러운 소리를 늘어놓으면서도 환하게 웃으면서 내가 선물한 봉제인형을 끌어안았다.

지갑에 땡전 한 푼 남지 않았지만 그래도 기분이 썩 나쁘지는 않은걸.

종장 저 파괴 병기에 일격을

1

"이딴 마을에는 두 번 다시 안 올 거야!"

내가 마차에서 절규를 터뜨리자, 지칠 대로 지친 동료들은 침묵에 잠긴 채 나를 힐끔 쳐다보기만 했다.

밤새도록 그 마을을 뛰어다닌 끝에 신도들을 겨우 따돌린 나는, 동료들과 합류해서 승합마차를 타고 그 마을을 떠났다.

변장을 푼 크리스는 다른 볼일이 있다면서 돌아갈 때도 따로 갔다.

내가 탄 마차 안에는 린과 키스, 테일러가 타고 있었다. 그리고 다른 이들은 딴 마차에 타고 있었다.

……그 녀석들도 우리와 마찬가지로 지칠 대로 지쳐서 잠든 것 같았다.

"진짜, 고생만 죽도록 했네. 이래서 남의 감언이설에 속으면 안 된다니깐."

"나는 아무 잘못 없어! 숙박권을 준 사람은 카즈마라고!

그러니까 내 탓으로 돌리지 마!"

"그래, 알았어. 네가 전면적으로 나쁘다고 생각하는 건 아냐."

어깨를 으쓱하며 고개를 젓는 린의 태도를 보고 약간 울컥하기는 했지만 말대꾸를 할 기운도 없어서 그냥 등받이에 몸을 맡겼다.

이번 일은 바닐 나리가 벌인 것이기는 하지만 사기 사진집을 판 매상의 일부가 상당한 금액이어서 다들 그냥 넘어가기로 했다.

융융은 돈을 받지 않고 나리에게 설교를 했다. 낯가림을 안 하는 상대에게는 세게 나가는걸.

이번 일로 생명의 위기를 느끼기는 했으나 나는 마음 한편으로 나리에게 고맙기도 했다. 덕분에 온천에서의 일이 유야무야된 것이다.

한동안은 독설을 듣거나 추궁을 당할 거라고 생각했는데 다들 그 일을 언급하려 하지 않았다. 그것만큼은 정말 잘된 일이었다.

"하아~, 빨리 액셀 마을에 돌아가서 술 마시고 싶어."

"나는 침대에 드러누워서 푹 자고 싶네."

아무튼 좀 느긋하게 지내고 싶다.

그런 생각을 하면서 마차 안에서 꾸벅꾸벅 졸고 있을 때 마부의 목소리가 들렸다.

"손님, 액셀 마을에 도착했어요."

창문을 열고 밖을 보니 액셀 마을을 둘러싼 벽이 보였다.

어디 사는 누구 씨가 홍수를 일으켜 박살을 낸 후에 다시 지은 거라 그런지, 그 벽은 부서진 곳도 적고 튼튼해 보였다.

"그러고 보니 저 벽은 카즈마가 낸 돈으로 세운 거지……."

"그건 좀 대단하다 싶기는 해. 뭐, 카즈마의 동료가 박살 낸 바람에 그렇게 된 거지만 말이야."

린도 창문 밖으로 얼굴을 내밀더니 벽을 올려다보고 감탄 섞인 목소리로 그렇게 말했다.

몸이 닿았는데도 군소리를 하지 않는 것을 보면 온천에서의 일은 개의치 않는 걸까.

"어? 문지기가 좀 이상한 것 같지 않아?"

린이 눈을 가늘게 뜨고 성문 쪽을 쳐다보며 그렇게 말했다. 나도 그쪽을 쳐다보니 평소 같으면 마을을 방문하는 이들을 엄격하게 체크할 문지기들이 말도 걸지 않고 그냥 통과시키고 있었다.

"의욕이 없어 보이네. 이상한 걸 가지고 들어오지 말라면서 막거나, 아니면 내 얼굴을 보자마자 제지하는 녀석들이 저러니 이상한걸."

"그건 네가 매번 쓸데없는 짓을 해서 문지기들을 곤란하게 했기 때문이잖아. 전에도 산채로 잡은 일격토끼를 애완동물로 팔 수 있을 것 같다며 마을에 가지고 들어가려고 하다 다퉜던 걸 벌써 잊은 거야?"

"저 녀석들은 진짜 고지식하다니깐. 비싼 가격에 팔아치울 수 있을 텐데 말이야."

"부상자가 발생해서 네가 잡혀가는 미래가 확정되어 있을 걸? ······그것보다 문지기들이 진짜로 이상한 것 같아."

평소와 다르게 딱히 제지도 하지 않고 통과시켜주기에, 곧 우리가 검문을 받을 때가 되었다.

평소에는 항상 마차 안을 살펴보면서 범죄자나 위험물이 없는지 살폈지만─.

"지나가도 된다. 하아~."

이번에는 전혀 살펴보지 않았다.

성문을 통과해야 하는 입장으로서는 잘 된 일이지만 이래서는 지명수배범도 마을 안에 들어갈 거라고······.

"어이~, 너. 검문을 좀 제대로 해야 하는 거 아냐?"

내가 무심코 문지기에게 말을 걸자 그 문지기를 나를 힐끔 쳐다본 뒤 한숨을 내쉬었다.

"됐어. 귀찮아······. 집에 가서 잠이나 자고 싶어."

"그 심정은 이해하지만 일 좀 하라고."

"내 말을 잘 듣는 메이드를 고용해서, 잠이나 퍼질러 자며 살고 싶어······."

이 녀석만 이상해진 건가 했지만 아무래도 모든 문지기가 의욕이 없어 보였다.

문에 기대선 녀석도 있는가 하면, 지면에 드러누워서 하늘을 멍하니 쳐다보고 있는 녀석마저 있었다.

"기, 기묘한 광경이네요. 메구밍을 업고 돌아올 때마다, 저를 걱정해주던 문지기 분까지……."

"정기를 빨렸을 때와 좀 비슷하면서도 다른 상태네요."

"묘한 일이 벌어지고 있는 것 같군."

바닐 나리를 비롯한 다른 이들도 위화감을 느낀 건지, 나를 향해 걸어오면서 그렇게 말했다.

마차에서 내린 우리는 마부에게 고맙다는 말을 한 후 액셀 마을에 들어갔다.

그리고 우리가 아까부터 느낀 불길한 예감은 적중했다.

주민들은 길바닥에 주저앉아 있었고 아예 드러누운 이들도 있었다.

대부분의 상점들은 문을 닫았으며 열린 가게도 점원이 의자에 앉아서 햇볕이나 쬐고 있었다.

"이건 단순히 기묘하다고 생각하며 넘길 상황이 아니네. 비상 사태라고……."

"저, 저기, 카즈마 씨의 저택에 가서 메구밍이 무사한지 보고 올게요! 먼저 실례하겠어요!"

융융이 카즈마의 집을 향해 부리나케 뛰어갔다.

"저도 가게가 걱정되니 먼저 가볼게요!"

로리 서큐버스는 바닐 나리를 향해 몇 번이나 고개를 숙인 후 가게를 향해 뛰어갔다.

"이 몸도 가게가 걱정되는구나. 이 상황에서는 매상을 기대할 수 없겠지."

나리는 크게 당황하지 않은 걸음걸이로 돌아갔다.

남겨진 우리는 무심코 서로를 쳐다보았다.

"모험가 길드에 가서 뭐가 어떻게 된 건지 확인해보는 게 어떨까?"

"그래. 길드라면 이 비상사태에 대처할 수단을 강구중일지도 몰라."

동료들과 함께 모험가 길드로 향하는 도중에 눈에 들어온 주민들은 하나같이 바닥에 드러누워 있거나 멍하니 앉아있었다.

길드의 문을 열고 안에 들어가 보니 모험가들은 한 명도 보이지 않았고 직원들도 몇 명뿐이었다.

그런 직원들도 카운터에 넙죽 엎드린 채 농땡이를 부리고 있었다.

그리고 카운터를 담당하는 루나가 턱을 괸 채 겨우겨우 졸음을 버티고 있었다.

다른 이들은 이야기도 나눌 수 없는 상태였기에 나는 동료들과 함께 루나에게 말을 걸었다.

"어이, 뭐가 어떻게 된 거야? 여기뿐만 아니라 마을 전체가 이런 상태인 거야?"

"아~, 더스트 씨군요. 아마 그럴걸요~?"

나른한 목소리로 대답을 한 루나의 눈은 반쯤 감겨 있었고 눈동자의 초점 또한 맞지 않았다.

매일같이 정신없을 정도로 바쁘게 모험가들의 뒤치다꺼리를 하던 루나와 동일인물 같아 보이지 않을 만큼 늘어져 있었다.

"저기! 진짜로 뭐가 어떻게 된 거야?!"

린이 루나의 어깨를 잡고 앞뒤로 흔들었지만 그녀는 저항조차 하지 않았다.

"린, 잠깐만 비켜봐. 지금이라면 가슴을 주물러도 화 안 내는 거 아냐?"

"무슨 짓을 하려는 거야?! 그것보다, 왜 다들 의욕이 없는 거지? 이건 마치…… 어? 더스트, 이 상태는 일전의 키스와 테일러의 상태와 비슷한 것 같지 않아?"

"그러고 보니 그 던전에서 돌아온 직후의 너희와 비슷하긴 하네."

야한 책을 발견한 던전 안에서 이 녀석들이 갑자기 「피곤하다」, 「나른하다」 같은 소리만 늘어놓을 때와 증상이 똑같았다.

당사자들이 고개를 갸웃거리는 것을 보면 자각은 없는 것 같았다.

"그럼 그 일과 관련이 있을지도 모르겠는걸. 너희는 기억

나는 게 없어?"

"그게 말이야. 그 방에 들어가자마자 몸이 무거워진 느낌이 들더니, 생각하는 것도 귀찮을 정도로 졸리면서 몸이 나른해지더라고."

"그래. 아무것도 하기 싫어져서, 한동안 자고 먹기만 했지."

두 사람도 같은 증상이었으니까 이 마을 사람들도 내버려두면 회복될 가능성이 있기는 했다.

그렇다면 조바심을 낼 필요는 없나.

"으음, 진짜로 애들과 같은 증상인 걸까? 저기, 루나 씨. 다들 언제부터 이렇게 된 거야?"

"그게 말이죠~. 사흘 전부터 일하러 나오는 사람이 서서히 줄었어요~. 그리고 오늘은 어제보다 몸이 더 무겁게 느껴지네요……. 의사 선생님이 병에 걸린 건 아니라고 했어요~. 아~ 전업주부가 되어서 멋진 남편에게 어리광을 부리며, 대충대충 살고 싶어라……."

방금 발언에는 루나의 욕망이 섞여 있는 것 같았다.

방금 그 말, 곰곰이 생각해보니 꽤 문제가 많은 것 같네.

"그럼 서서히 악화되고 있는 거잖아. 테일러와 키스는 순식간에 그렇게 됐는데 말이야."

"역시 큰일이 난 거 아닐까? 서서히 이렇게 된다면, 우리도 머지않아 다른 사람들처럼 될지도 모른다는 거잖아."

주위를 둘러보니 얼굴에서 핏기가 사라졌다.

낙관적으로 생각할 때가 아닌 것 같았다.

"어, 어떻게 하지?! 십중팔구 이 사태의 원인은 우리한테 있을 거라고!"

"키스와 내가 병원균을 이 마을로 옮겼다고 생각하는 게 가장 타당할 것 같지만 서서히 악화된 것을 보면 그렇게 단정 지을 수도 없지 않을까?"

"게다가 너희가 이 마을에 전염병을 퍼뜨렸다면, 왜 나와 린은 무사한 건데? 이상하잖아? 우리는 거의 항상 너희와 붙어 지냈다고."

아무리 생각해도 영문을 알 수가 없었다.

정보가 너무 적었다. 좀 더 상세한 정보가 필요할 것 같았다.

"다들 흩어져서 정보를 수집하자. 집합장소는 여기야."

우리는 서로를 쳐다보고 고개를 끄덕인 후 길드를 뛰쳐나갔다.

이런 성가신 일이 벌어지면 보통 그 중심에는 카즈마 일행이 있다.

이 일과도 분명 연관이 있을 거라고 생각한 나는 카즈마의 저택으로 향했다.

2

없었다.

그 대신 저택 앞에서 어슬렁거리고 있는 수상한 인물—융융과 합류했다.

"친구 집이니까 당당하게 들어가라고."

"하, 하지만 온천여행을 간다고 그렇게 자랑을 해놓고 아르칸레티아에서 선물을 사오지 않았으니까, 메구밍이 화를 낼 것 같아서요."

"지금은 그런 걸 신경 쓸 상황이 아냐. 아무튼 지금은 집에 없는 것 같네. 카즈마네 파티 말고 이럴 때 도움이 될 만한 녀석은 없는 거냐고."

도중에 단골 잡화점에 가봤지만 가게가 닫혀 있었다.

경찰서에도 들렀는데, 경찰관들 또한 의욕이 없는지 일을 하지 않고 바닥에 털썩 주저앉아 있었다.

지금이라면 범죄 행위도 얼마든지 할 수 있을 거라는 생각이 문득 들었다. 하지 않겠지만 말이다. ……진짜로 안 한다고.

"아, 맞아요. 마도구점에 가보죠! 바닐 씨는 이런 현상에 대해 해박할 거예요!"

융융은 손뼉을 치더니 좋은 생각이 났다는 듯 눈을 반짝이며 그렇게 말했다.

나리라면 이 사태의 원인을 알고 있을 것 같기는 해. 나리가 지닌 미래를 내다보는 힘이라면 타개책도 찾아낼 수 있겠지.

"하지만 우리가 아르칸레티아에서 나리의 흉계에 휘말렸던 걸 잊었어? 해결책을 가르쳐줄지도 모르지만 또 우리를 속일지도 몰라."

"하지만 더스트 씨가 바닐 씨의 장사에 끼어들어서 그렇게 된 거잖아요? 자업자득 아니에요?"

"좋아, 나리와 상의해보자! 어이, 왜 멍하니 서 있는 거야. 빨리 가자고."

"더스트 씨는 진짜 성격이 끝내주네요!"

융융은 불평을 늘어놓으면서도 나를 쫓아왔다.

악마에게 매달리는 심정으로 마도구점의 문을 열어보니 새까맣게 탄 점주가 가게 구석에 널브러져 있었다.

참고로 바닐 나리는 그런 점주는 개의치 않으며 상품을 정리하고 있었다.

"나리, 이번에는 또 무슨 일이야?"

"듣고 놀라지나 마라. 이 몸이 자리를 비운 사이에 점주가 사기를 당했다. 이 몸이 여행 도중에 사고를 쳐서 손해배상 청구를 당했다는 말을 듣고, 전혀 의심하지 않고 모든 수익을 내줬다는구나."

"아~, 전형적인 사기 수법이네."

요즘 유행하는 방식이다. 친지나 지인이 사고를 쳤다면서 그 돈을 대신 갚을 것을 요구하는 것이다.

단순하지만 효과적인 수법이며 경찰들도 주의를 환기시키

고 있다.

"그렇다. 이 몸이 그런 말을 들었다면 점주를 합법적으로 처분할 수 있게 되어 기뻐했겠지. 「구워삶든 말든 알아서 해라」라고 말했을 것이다. 대체 왜 돈을 내준 거냐 말이다. 정말 이해가 안 되는군."

"그, 그건 바닐 씨가 소중하기 때문이에요. 너무 걱정이 되어서 상대방의 말을 믿어버린 게 아닐까요……."

"이런 무능 점주가 걱정해주기를 바란 적은 없는데 말이다. 사진집 매상이 없었다면 또 빈곤한 생활을 하게 됐을 거다!"

바닐 나리가 그렇게 말하면서도 약간 기뻐하는 것처럼 보인 건 내 착각이겠지.

나리는 금전에 있어서는 정말 엄격하니까…….

"그런데, 동성애 의혹남과 외톨이 마스터가 뭘 하러 온 거지?"

"그런 의혹을 퍼뜨리지 말아주겠어?!"

"외톨이 마스터……. 좀 멋진 단어네요……."

화를 내는 건 고사하고 기뻐하고 있는 융융은 무시하기로 하자.

"마을이 이상해진 건 나리도 알고 있지? 이 사태의 원인이나 해결책을 아나 싶어서 물어보러 온 거야."

"흠. 아무래도 정기…… 아니, 의욕을 잃은 것 같구나. 기력을 잃은 탓에 나태해진 결과, 저런 꼴이 된 거겠지."

"그렇구나. 전에 우리 파티의 멤버 두 명이 비슷한 상태가 된 적이 있어. 그것과 관련이 있는 건 아닌가 싶네."

"그건 꽤 흥미로운 이야기구나. 자세하게 이야기해보도록."

바닐 나리에게 동료들과 던전에 갔던 이야기를 해주자, 나리는 턱에 손을 대고 생각에 잠겼다.

"그 던전에서 무슨 일이 있었던 것 같군. 그게 병원균인지, 마도구인지, 혹은 다른 요인인지는 모르겠지만 그게 원인인 건 틀림없겠지."

"저, 저도 그렇게 생각해요."

"역시 그렇지? 그럼 그 던전에 가볼 수밖에 없겠네."

"그것도 서두르는 편이 좋을 것이다. 내다보는 대악마가 선언하노라. 이대로 방치해둔다면 마을 사람들은 식사조차 하지 않게 되어서 굶어죽을 것이다."

나는 그 말을 듣고 융융과 시선을 마주했다.

"그, 그건 엄청 큰 문제 아니에요?!"

"게다가 우리가 원인이라는 게 밝혀지면, 변명조차 못할 거라고! 쓸 만한 녀석들을 전부 모아서 가볼 수밖에 없는 거냐!"

중요한 정보를 얻었기에 서둘러 집합장소인 길드에 돌아가서 여행을 떠날 준비를 해야만 한다.

도움이 될 만한 녀석이 몇 명이나 될지는 알 수 없지만 최악의 경우에는 우리끼리 갈 수밖에 없겠지.

"아, 나리도 도와줘!"

"그럴 수는 없다. 이 몸은 무능 점주로 변해서 사기꾼을 찾아간 다음 「돈을 돌려준다면 저를 마음대로 해도 돼요」라고 말하며 안겼다가, 상대가 흑심을 드러냈을 때 정체를 드러낸다고 하는 형벌을 내려줘야만 하거든!"

"……그 사기꾼의 명복을 빌어주고 싶은걸. 아무튼, 정보를 알려줘서 정말 고마워!"

나리에게 도움을 더 받는 건 무리일까.

우선 동료들과 상의를 해본 다음, 쓸 만한 녀석들을 모아보자고!

3

"그게 원인이구나. 그렇다면 우리가 어떻게든 해야겠는걸."

"그래. 우리 뒤치다꺼리는 우리가 해야겠지."

"귀찮지만 어쩔 수 없네."

동료들은 그 던전에 가는 것에 동의했다.

"저, 저도 미력하게나마 돕겠어요."

융융도 도와준다니 마음이 놓였다. 전투력만 본다면 이 멤버 중에서 가장 믿음직하니까.

"융융 씨가 미력하면, 저는 뭐가 될까요……."

로리 서큐버스도 같이 가려는 것 같았다.

가게 동료들도 같은 상황이었지만 동료들이 의욕을 잃은 것보다 모험가들이 성욕을 잃은 것이 서큐버스에게는 꽤나 큰 문제인 것 같았다.

지금이라면 서큐버스 가게에 가서 마음껏 즐길 수 있겠지만…… 시간이 없어서 아쉬운걸.

아무튼 로리 서큐버스를 비롯해 전원이 필사적으로 도움이 될 만한 사람들을 찾아봤으나 멤버는 이 자리에 있는 이들이 전부였다.

제대로 움직일 수 있는 사람은 이 마을에 오늘 막 온 이들 뿐이며, 하루라도 이 마을에 머물면 그대로 폐인이 되어 버리는 것 같았다.

"카즈마 일행이 있으면 도움이 되겠지만 어쩔 수 없네. 우리끼리 어떻게든 해보자."

"애초에 우리 때문에 벌어진 일이잖아. 빨리 출발하자!"

꼭 필요한 최소한의 물자만 모은 후 우리는 바로 액셀 마을을 나섰다.

서둘러야만 하는 일이기에 이곳에 타고 왔던 승합마차의 마부에게 자초지종을 설명했고, 그 사람은 쾌히 승낙하며 마차로 우리를 데려다주기로 했다.

마차라는 이동수단을 확보했으니 이제 한나절이면 여유롭게 목적지인 던전에 도착할 수 있을 것이다.

"너희는 진짜로 그 방안에 뭐가 있었는지 기억 못하는 거야?"

뭐가 있는지 모르면 대책도 세울 수 없다. 그래서 당사자인 키스와 테일러에게서 자세한 이야기를 들으려고 했지만—.

"그게 말인데, 지금 생각해봐도 그 방에는 딱히 아무것도 없었어. 갑자기 몸이 나른해진 이유도 몰라."

"그 방에 들어갔더니 아무것도 신경 쓰지 않게 되었거든. 그래서 기억을 못하는 것 같아."

"제발 부탁이야. 그걸 모르면 곤란하단 말이야. 그 방에서 뭐가 기다리고 있는지 모르는 거잖아."

"남의 의욕을 빨아들이는 거니까, 악마의 짓일지도 모르겠네요."

"마도구 같은 것 때문일 가능성도 있어요. 홍마족의 마을에는 그런 마도구를 연구하던 사람도 있었어요."

로리 서큐버스와 융융의 의견도 충분히 가능성이 있기는 했다.

나리처럼 악감정을 즐기거나 서큐버스처럼 인간의 정기를 필요로 하는 악마도 있는 것이다. 그런 악마가 있어도 이상할 건 없다.

엄청난 힘을 지닌 마도구가 존재한다는 것 또한 일전의 구슬을 통해 질리도록 실감했다. 인간의 의욕을 빨아들이는 마도구 같은 게 존재하더라도 이상할 것이 없다고……

"양쪽 다 가능성이 있긴 하네. 경계하는 편이 좋겠지."

이동 도중에 마물을 발견하기도 했지만 우리에게 달려드는 건 고사하고 힘없이 축 늘어진 채 잠만 자고 있었다.

덕분에 전투를 단 한 번도 치르지 않고 던전에 도착했다.

"다들 각오는 됐지? 마음 단단히 먹고 들어가자!"

"""……오~."""

기운 없는 목소리가 들려왔다.

방금까지와는 분위기가 너무 다르다는 사실에 놀라서 고개를 돌려보니 동료들은 고개를 숙인 채 하품을 하며 지면을 쳐다보고 있었다.

"어, 어이, 너희들, 설마……."

"저기, 던전에 안 가도 될 것 같지 않아? 그냥 내버려둬도 아마 괜찮을 거라고."

"그래. 낮잠이라도 자면서 느긋하게 지내는 것도 괜찮겠는걸. 영차."

키스와 테일러는 무기를 내던지더니 지면에 털썩 주저앉았다.

그리고 짐에서 보존식량을 꺼내더니 바닥에 벌러덩 누운 뒤 그걸 먹어댔다.

"어이, 뭐하는 거야?! 이제부터 던전 탐색을 해야 하잖아!"

"에이, 괜찮아~. 그것보다 야한 이야기나 하자."

"한숨 잔 후에 시작해도 괜찮지 않겠어?"

키스는 평소와 별반 다르지 않아 보였지만 테일러는 명백하게 이상했다.

이 고지식한 녀석이 이런 소리를 한다는 것 자체가 말이 안 된다고…….

"린도 무슨 말 좀 해봐!"

"귀찮은 사람은 하지 말라고 해. 나도 가능하면 농땡이 치고 싶네~."

린 또한 뜻밖의 말을 했다.

내가 린의 얼굴을 쳐다보니 그녀는 하품을 곱씹으면서 겨우겨우 서 있는 상태였다.

"더스트 씨. 몸이 엄청 나른해요. 왠지 이상해요…….."

융융은 감기려는 눈을 억지로 뜨고 고개를 좌우로 세차게 흔들면서 열심히 참고 있었다.

"정기를 빨리는 느낌이 들어요. 키스 씨 일행은 전에 빨린 적이 있어서 저항력이 약해진 걸지도 몰라요. 후아아아암."

키스와 테일러를 제외한 사람들이 어찌어찌 버티고 있는 이유를 알았다.

하지만 시간문제인 것 같았다. 이대로 있다간 다른 녀석들도 의욕을 완전히 잃을 것 같았다.

키스와 테일러는 포기하고 남은 녀석들끼리 던전에 들어갈 수밖에 없나.

"빨리 던전에 들어가자! 괜한 생각은 하지 말고, 앞으로 나아갈 생각만 해!"

"""……네~."""

늘어진 목소리로 대답하지 말라고…….

4

"더스트. 나는 그냥 두고 가. 네 짐이 되고 싶지 않아."

"내가 너를 버리고 갈 리가 없잖아?"

나는 기특한 소리를 하는 린을 향해 상냥한 미소를 지은 후, 그녀를 부축하며 걸음을 옮겼다.

"저는 신경 쓰지 마세요……. 여기서 책이나 읽으며 기다리고 있을게요."

"무리하지 말고 그냥 두고 가세요. 더스트 씨만이라도 나아가야 해요."

나는 등에 업은 융융을 로프로 고정했고 왼손으로는 로리 서큐버스를 안아들고 있었다.

세 사람이 애처로운 목소리로 그렇게 말하는데도 나는 단 한 사람도 버리지 않고 꾸준히 걸음을 옮겼다.

"너희는 그냥 농땡이를 치고 싶을 뿐이잖아! 왜 나만 이렇게 고생을 해야 하는 건데?!"

이 던전에 있는 예의 그 방은 조금만 더 가면 도착하지만 그곳에 다가가면 갈수록 이 녀석들은 걷기 싫어하면서 별의별 핑계를 대고 휴식을 취하려 했다. 결국 나는 이 녀석들을 이렇게 억지로 옮길 수밖에 없게 된 것이다.

"다 같이 잠이나 자자. 응? 내가 같이 자줄게~."

"부, 부끄럽지만 참을게요~."

"특별히 무료로 최고의 꿈을 보여드릴 수도 있어요~."

"매력적인 유혹을 하지 말라고! 확 넘어가고 싶어진단 말이야!"

실은 나도 전부 내팽개치고 이 녀석들과 잠이나 자고 싶지만 이 상황을 방치할 수는 없었다.

지금 유혹에 진다면 죽을 때까지 잠이나 잘 것만 같았다.

"왜 너만 이렇게 멀쩡한 거야……."

"평소 같으면 더스트 씨가 가장 먼저 농땡이를 피웠을 거 잖아요~."

"혹시 평소에도 의욕이 없으니까, 의욕이 좀 없어지더라도 별반 다르지 않은 건가요~?"

이, 이 녀석들, 진짜 멋대로 지껄여대네.

하지만 듣고 보니 좀 이상하기는 했다. 왜 나만 멀쩡한 거지?

던전 탐색이 귀찮기는 했다. 솔직히 말해 다 때려치우고 싶다. 빨리 액셀 마을로 돌아가서 술이나 마시며 놀아재끼고 싶다.

그게 어엿한 내 본심이지만 그러고 보니 나는 항상 그런 생각을 품고 살았다.

"너희야말로 힘 좀 내보라고. 나 혼자서 어떻게 할 수 없는 적이면 어쩔 건데?"

이제 대답하는 것도 귀찮은 것인지, 그녀들은 입도 뻥긋하지 않았다.

이 녀석들, 이제 완전히 맛이 갔어. 그냥 이 근처에 내버려두고 나 혼자 가는 편이 낫지 않을까?

던전 안에 남아있던 마물들은 무방비하게 잠이나 자고 있을 뿐이니까 애들에게 해를 끼치지는 않을 것이다.

"하지만 만일의 경우가 벌어질 수도 있으니……. 하아, 귀찮네."

나는 세 사람을 데리고 계속 나아갔다.

전원을 질질 끌면서 어찌어찌 목적지인 예의 그 방 앞에 도착했다.

"허억~ 허억~. 제, 젠장, 피곤해 죽겠네. 어이, 도착했다고!"

"""5년만 더 잘래~."""

"헛소리 하지 마! 빨리 일어나라고."

내가 이렇게 고생을 하는 와중에도 잠이나 퍼질러 자던 이 녀석들을 바닥에 내려놨지만 그녀들은 일어서지도 않았다.

나는 방의 문을 연 후 이 녀석들을 그 안으로 끌고 들어갔다.

세 사람은 내가 무슨 짓을 하든 꼼짝도 하지 않았다.

"어쩔 수 없지. 그냥 방치해둘 수밖에 없겠네."

나는 그녀들을 이 던전의 주인이 살았던 것 같은 이 낡은 방의 구석에 옮겨됐다.

아무리 생각해도 여기서부터는 혼자 가는 편이 나을 것 같았다.

"하나같이 행복한 표정으로 자고 있네."

불평이라도 퍼붓고 싶지만 세 사람이 행복한 표정으로 자고 있는 모습을 보니 그럴 마음이 가셨다.

나는 벽을 조사해서 숨겨진 문을 작동시켰다.

그러자 문이 옆으로 미끄러지면서 열렸고 나는 주위를 경계하며 안으로 들어갔다.

좌우에 문이 있었다. 나는 일전에 왼쪽 방에 들어가서 보물을 손에 넣었다. 테일러와 키스는 오른쪽 방을 조사했었지.

나는 오른쪽 방의 문에 귀를 대고 내부에서 무슨 소리가 나지 않는지 귀를 기울였다. 아무 소리도 안 들리네.

나는 문손잡이를 움켜쥔 후 신중하게 문을 열었다. 내부는 어둑어둑했지만 한치 앞도 보이지 않을 만큼 어둡지는 않았다. 천장에서 뿜어져 나오는 어렴풋한 빛이 이 방안을 비추고 있었다.

"옆방과 거의 비슷하네. 책상과 의자, 침대가 있어. 그리고 쓰레기가 바닥을 굴러다니는 걸 보면, 누군가가 이곳에 살았나?"

나는 누군가 생활한 흔적이 있는 방 안으로 들어갔다. 몸을 숨길 장소가 없으니 적은 없겠지만 경계심은 풀지 않기로 했다.

바닥을 굴러다니는 쓰레기 중에는 용도를 알 수 없는 물건이 있었다.

작고 납작한 판자의 표면에 유리를 붙인 듯한 물건이다. 손바닥만 한 사이즈에 십자와 동그라미 모양의 버튼이 달렸고, 검고 굵은 끈이 연결되어 있는 물건도 있었다.

"이게 뭐지?"

그대로 방안을 살펴본 나는 어떤 사실을 알았다.

음식물 쓰레기가 많은 것 같네.

보존 식량이 든 자루와 최근에 생긴 유명한 빵가게의 포장지도 있었다. 그렇다면 최근까지 누군가가 이곳을 이용한 걸까. 게다가 그 양이 많은 것을 보면 다수일 가능성도 있다.

책상 서랍을 열어보니 그 안에는 일기장이 있었다. 뭔가 귀중한 정보가 있을지도 모른다는 생각이 들어서 읽어봤다.

『―ㅇ월 ×일. 은신처의 설비가 갖춰졌다. 매일같이 터무니없이 까다로운 문제만 떠맡으니 숨이 막힐 것 같다. 이곳은 나만을 위한 안식처. 일본의 만화도 어찌어찌 복원했다. 마음껏 농땡이를 쳐야지.』

이 던전과 야한 책을 만든 녀석의 일기 같았다.

액셀 마을의 현재 상황에 관한 정보는 실려 있지 않을까. 나는 그런 생각을 하며 페이지를 넘겼다.

『―ㅇ월 ×일. 그것의 시제품을 만들기 위한 예산을 이 은

신처에 투자했는데, 위장용 소형 모형도 어찌어찌 완성했다. 일단은 그것으로 그 녀석들을 속일 수 있을 것이다. 문제는 코어 부분이다. 내 진짜 목적이 이것이라는 사실은 숨겨야 한다. 남의 의욕을 빨아들여 에너지로 바꾼다니, 말도 안 되는 거짓말을 했다고 당초에는 생각했지만 의외로 가능하겠는걸? 역시 말이라는 건 하고 봐야한다니깐.』

액셀 마을과 동료들에게 일어난 이변은 이 녀석 탓이 틀림없다.

좀 더 자세히 적힌 페이지는 없으려나.

『—O월 ×일. 젠장, 농땡이 좀 치게 해달라고! 이 은신처를 찾는 횟수도 꽤나 줄었다. 하지만 포기할 수는 없다. 기동병기의 자금을 빼돌려서 만든 그것도 곧 완성된다. 가동 실험은 아직 안 해봤지만 얼추 완성됐다. 이게 발동되면 주위 사람들의 의욕을 빨아들여서 무기력하게 만들 수 있다. 그럼 그딴 망할 업무도 처리하지 않아도 된다. 형태는 들키지 않도록 손바닥 크기의 구체로 만들까. 히히~, 완성되는 날이 고대되는걸.』

뭐가 어떻게 된 것인지 알 것 같았다.

뒷내용이 신경 쓰이니 계속 읽어보자.

『—O월 ×일. 가동 실험 도중에 치명적인 결함이 발견됐다. 발동되면 자신의 의욕도 빨려 들어가면서 게임이나 독서를 즐기지 못하게 되는 것이다. 발동자 주위에는 영향을 끼치지 않도록 설정을 고칠까. 안전을 위해 발동시킨 자와 어느 정도 거리가 떨어지면 자동으로 기능이 정지되도록 하자. 처음으로 이걸 발동시킨 자는 다른 사람이 발동시켜도 영향을 받지 않도록 세팅할까. 처음으로 작동됐을 때는 위력을 약하게 설정하고, 두 번째로 가동됐을 때는 위력과 효과 범위가 늘어나도록 하는 거다……. 기동병기도 곧 완성된다. 그 일이 끝나고 나면, 이제 아무 일도 안 해야지. 여기서 그걸 발동시키고 장기 휴가를 즐기자고!』

"역시 원흉은 이 일기의 주인이구나……."

그 이후의 페이지는 백지였다.

유심히 보니 페이지를 거칠게 뜯은 흔적이 있었고 남은 부분에 『설명서』라고 적혀 있었다.

이 남자는 그 마도구를 발동시키지 못한 걸까. 기동병기라는 말이 마음에 걸렸지만 우선은 지금 일어난 일부터 어떻게든 해야 한다.

일기의 내용으로 볼 때, 의욕을 빨아들이는 마도구가 가동되면서 이 참사가 발생했다고 봐야할 것 같았다.

구체 모양의 마도구라…….

"구체……. 어? 뭐가 마음에 걸리는 것 같은데, 내 착각이겠지?"

뭔가를 잊은 느낌이 들지만 좀처럼 생각이 나지 않았기에 그냥 신경 쓰지 않기로 했다.

나는 유일하게 조사해볼 가치가 있어 보이는 일기를 가지고 그 방을 나섰다.

누군가가 이곳에서 살고 있으며 지금은 외출했을 가능성이 크다. 혹은 옆에 있는 보물방에 있는 걸지도 모른다.

저번에 내가 조사했던 방에 귀를 대니까 안에서 소리가 들려왔다.

"아…… 좋아……. 모에…… 끝내줘……."

문 너머라 확연하게 들리지는 않지만 여러 명의 목소리가 들렸다.

여러 명이 방 안에서 뭔가를 하고 있는 건가? 이 방에 있는 거라면…… 에이, 설마…….

소리가 나지 않도록 조심조심 문을 열자, 문 쪽을 향해 등을 보인 채 열심히 책을 읽고 있는 남자들이 보였다.

숫자는 셋이었다. 책에 너무 집중한 나머지 내 존재를 눈치 채지 못했다.

"상황이 진정될 때까지 숨어 지낼 생각이었는데, 정말 끝내주는 아지트를 손에 넣었는걸!"

"맞아요, 두목. 여기에는 우리가 찾던 보물이 산더미처럼 있으니까요. 그림 속 캐릭터의 눈이 큰 게 좀 그렇지만 정말 끝내주네요."

"양아치 모험가에게 당한 후로 재수가 더러워졌다고 생각했는데, 이런 행운이 찾아올 줄은 몰랐어요. 사람 인생이란 건 정말 알다가도 모르는 거네요. 실은 이 부적 덕분 아닐까요?"

세 사람 중 한 명이 허리춤의 주머니에서 뭔가를 꺼낸 것 같은데, 이 위치에서는 보이지 않았다.

이 녀석들의 목소리가 왠지 귀에 익은 느낌이 드네?

"그걸 손에 넣은 후로 마물은 다가오지를 않는 데다, 액셀 마을에 식량을 조달하러 갔을 때도 의심을 사지 않았죠."

"모험가를 적으로 돌렸는데도, 우리한테 전혀 반응을 보이지 않더란 말이지. 진짜로 이 구슬 덕분일지도 모르겠는걸. 절이라도 하고 싶을 지경이군."

두목이라 불린 가장 체격이 좋은 남자가 손바닥 위에 구슬을 올려놓았다.

……저건 이 방에 처음 들어왔을 때 발견했던 구슬 아냐?

내가 주워서 튀어나온 부분을 누른 다음에 버렸던 그 구슬이다.

그렇다면 저 마도구를 내가 작동시킨 바람에 테일러와 키스가 그렇게 됐고, 린은 내 곁에 있어서 영향이 없었던 걸까.

그 다음에는 이 녀석들이 구슬을 작동시켰는데, 나는 예전에 작동시킨 적이 있기 때문에 영향을 받지 않았다. 그렇게 생각하면 앞뒤가 맞았다.

"일기 내용이 사실이라면 나한테도 잘못이 있는 거잖아."

두 번째 작동을 시켰을 때 위력과 효과범위가 상승한다면 처음으로 작동을 시켰던 나에게도 약간은 책임이 있다고 할 수 있을 것이다.

……일기는 처분해야겠다.

남자들은 구슬을 살펴본 후 다시 독서에 몰두했다.

대화 내용으로 볼 때 범죄자 같으니까 기습을 해서 해치워도 불평을 듣지는 않을 것이다.

나는 몰래 방안으로 들어갔다.

다들 혼잣말을 중얼거리고 있는 것 같았다.

다가가면 갈수록 그들의 목소리가 확연하게 들렸다.

"이 그림은 귀엽네. 눈과 입이 크기는 하지만 어려 보이는 점이 괜찮군."

"좋네요. 글자는 못 읽겠지만 얼추 내용을 알 것 같아요. 주부 같은데 10대 중반 같아 보이는 이 애가 정말 끝내주네요."

"하지만 야한 내용은 정말 봐줄 수가 없군요! 로리는 아끼고 사랑해줘야 할 존재예요! 함부로 건드리는 건 어리석기 그지없는 짓이죠! 제 생각에 동감하죠?!"

"그, 그래! 어린 애를 건드리는 건 인간말종이나 할 짓이지!"

"마, 맞아요!"

이 녀석들은 에로 요소가 없는 책만 읽는 것 같은데, 전원이 야한 책을 몰래 가지고 있는 것 같은걸.

하지만 저 정신 나간 대화는 전에도 들은 적이 있다.

나는 저런 소리를 늘어놓는 사람과 만난 적이 있는 것이다.

이 녀석들은 전에 린을 유괴하려고 했다가 나한테 잡혔던…… 아동성애자 로리콤 집단이잖아!

"역시 울먹거리며 올려다보는 모습은 정말 최고네요!"

"아냐, 최고는 미소라고! 어린 여자애의 미소는 금화나 보석보다 가치 있지!"

"그러니까 너희는 멀었다는 거야. 어린 여자애는 뭘 하든 귀여운 게 당연하잖아!"

""두목! 평생 따르겠습니다!""

"역겨우니까 떨어져!"

나는 험상궂은 남자들이 포용하고 있는 모습을 보고 짜증이 난 나머지 그렇게 외쳤다.

그러자 남자들 전원이 나를 쳐다보았다.

그들은 그 로리콤 집단의 멤버가 틀림없다.

"여어, 이런데 있었구나."

"이, 이 자식은, 로리 강도!"

"아냐! 오해 사기 딱 좋은 소리 좀 하지 말라고!"

나는 벌떡 일어선 후 로리콤 집단을 손가락으로 가리키며 고함을 질렀다.

그들도 내 얼굴을 기억하는 것 같았다. 특히 두목은 나한테 앙심을 품고 있는지 꽤나 흥분한 것 같았다.

"네 악행은 똑똑히 기억하고 있다! 내가 새로운 문을 열게 하려고 해봤자, 이제는 안 통해!"

"두, 두목……."

옆에서 두목을 힐끔힐끔 쳐다보고 얼굴을 붉힌 남자는…… 내가 홀랑 벗겼던 녀석인가.

그러고 보니 알몸이 됐던 이 녀석과 두목을 포용을 하게 한 후 꽁꽁 묶어버렸던 게 생각났다.

두목은 불같이 화를 내고 있지만 부하 쪽이 짓고 있는 저 표정은…… 일전에 테일러와 키스가 나를 쳐다보며 지었던 표정과 비슷해 보였다. ……깊게 생각하지 않는 편이 좋을 것 같다.

"네가 왜 이런 곳에 있는 거냐! 설마 또 우리를 잡아서 경찰에 넘길 생각인 거냐?! 그 후로 범죄행위는 안 했다고!"

""맞아, 맞아!""

"너희한테는 전혀 관심 없지만 그 구슬은 받아가야겠어. 그것만 순순히 내놓는다면 너희는 눈감아줄 수도 있다고."

지금은 이런 녀석들보다 액셀 마을의 이변을 해결하는 게 우선이다.

정지시키는 방법은 일기에 적혀 있지 않았지만 박살을 내면 알아서 멈출 것이다.

"구슬이라면 이 부적을 말하는 거냐? 역시 꽤 가치 있는 물건 같군. 그 말을 듣고 순순히 내놓을 것 같아? 게다가 너는 혼자……인 것 같군. 동료들의 원한을 갚고 내 복수도 할 겸, 이 녀석을 자근자근 밟아주자고!"

""옙!""

그들은 무기를 들고 입구 근처에 있는 나에게 살금살금 다가왔다.

수적으로 열세인 상황에서 싸우는 건 우둔한 짓이다.

……바로 그때, 나는 좋은 생각이 났다.

이 방을 나선 나는, 풍화되고 있는 옆방으로 이동했다.

"어이, 도망치지 말라고. 그때의 감촉과 굴욕을 나는 잊지 않았단 말이다! 나는 그런 쪽 취미는 없거든?!"

"저는 딱히 싫지는……."

부하의 중얼거림은 못 들은 척 하기로 했다.

두목은 지난번과 마찬가지로 창을 쓰는 것 같았다. 부하는 한손검을 쓰네.

상대가 나를 향해 곧장 쇄도하자…… 나는 잠들어있던 로리 서큐버스를 안아 일으켜서 그녀의 목에 칼을 댔다.

"터치는…… 금지예요~."

어이, 잠꼬대 하지 마.

"이 자식들아, 꼼짝하지 마!"

"비, 비겁한 놈! 동료를 방패삼는 거냐!"

"빌어먹을 자식이네! 로리는 인류의 보물이라고!"

"이, 이 녀석은 악마야……."

내 협박이 먹힌 건지 이 녀석들은 완전히 움츠러들었다.

효과 한 번 끝내주는걸.

"이 녀석을 구하고 싶으면 무기를 버려."

"아, 알았으니까, 그 천사의 피부에 상처를 내지 마라!"

내 협박에 굴복한 그들은 순순히 무기를 버리더니 두 손을 들고 항복했다.

"쓰레기야……."

"저질이에요……."

"상대방이 신사네요……."

여자들이 졸린 목소리로 무슨 말을 했지만 들리지 않았다. 됐으니까 얌전히 자고 있으라고…….

너희가 아무짝에도 도움이 안 되니까, 내가 이렇게 지혜를 쥐어짜내고 있는 거잖아.

나는 남자들의 무기를 이 방 구석을 향해 걷어찼다.

그리고 짐에서 로프를 꺼내 남자 셋을 꽁꽁 묶었다.

"하다못해 저 로리 꼬맹이와 같이 묶어줘. 그럼 상이나 다름없을 거라고!"

"약았어요, 두목! 나도 저 로리 애와 같이 묶어줘요! 꽉 묶어도 돼요!"

"나는 저 포니테일 여자애와 묶어줘! 나를 내려다보며 독설까지 뱉어주면 더 좋겠네!"

"시끄러워! 헛소리 말고 그냥 묶여 있으라고!"

나는 요구사항이 많은 이 녀석들을 닥치게 한 후 전원을 포박했다.

그리고 할일을 다했다는 듯이 이마에 맺힌 땀을 닦았지만, 나는 아직 이 모든 사태의 원흉인 구슬을 파괴하지 않았다.

"어이, 그 구슬을 내놔."

"흥. 미안하지만 그 구슬이라면 이미 숨겨뒀지."

구슬을 가지고 있던 두목이 코웃음을 치더니 의기양양한 표정을 지었다.

아무래도 상황을 이해하지 못한 것 같았다.

"저기 말이야. 이 상황에서 그런 소리를 용케도 하네. 네 처지를 알고 있기는 한 거야?"

"나는 그 어떤 협박에도 굴하지 않아! 이 상황에서는 너도 지난 번 같은 짓은 못하겠지!"

지난번에는 저기 있는 부하를 알몸으로 만든 후, 저 자의 사타구니에 두목의 얼굴을 대겠다고 협박을 해서 정보를 얻어냈다. 하지만 그들 전원을 같이 묶어버렸으니 그런 짓을 못할 거라는 착각을 하고 있는 것 같았다.

확실히 지난번과 같은 방법을 쓸 수는 없다. 하지만 협박 말고도 사실을 실토하게 만들 방법이라면 얼마든지 있다. 특히 이 녀석들에게 유효한 수단이 말이다.

게다가 실토를 하지 않더라도 그 짧은 시간에 구슬을 숨길 장소는 많지 않다.

세 사람을 이 방의 기둥에 묶어둔 후, 나는 다시 그 방에 들어갔다.

책장을 뒤져봤지만 구슬은 없었다.

"이상한걸. 책장과 책뿐이잖아. 다른 방에 있나?"

일기가 있던 방도 구석구석까지 뒤져봤지만 그 어디에도 없었다. 쓰레기통도 뒤져보고 침대 밑도 살펴봤지만 없었다.

직접 뒤져보는 것보다 저 놈들에게서 알아내는 게 빠를까. 그렇다면 방법은 하나뿐이다.

풍화된 방에 가보니 그곳에는 기둥에 묶여 있는 남자들과 여전히 잠을 자고 있는 여자애들이 있었다.

"그 짧은 시간 동안 잘도 숨겼는걸. 내가 협박을 해봤자 두목쯤 되면 간단히 입을 열지는 않겠지. 아~, 그런데 이 방은 좀 추운 것 같지 않아?"

"느닷없이 무슨 소리를 하는 거야? 딱히 춥지는 않다고."

"아, 그래? 그런데 나는 좀 춥거든. 몸 좀 녹이고 싶은데, 혹시 불쏘시개로 쓸 만한 건 어디 없나……. 아, 이런 곳에 잘 탈 것 같은 책이 있네."

내가 그렇게 말하고 꺼낸 것은 이 녀석들이 읽고 있던 책과 몰래 가지고 있던 책이었다.

나는 그것들을 바닥에 쌓아뒀다.

"어, 어이, 잠깐만 있어봐……. 무, 무슨 짓을 하려는 거냐?"

"추우니까 이 책들로 몸 좀 녹일까 싶거든. 너희도 사양하지 말라고."

"어, 어이! 그런 백해무익한 짓은 하지 마라!"

내가 동그랗게 만 책을 향해 랜턴의 불길을 내밀자 그 녀석들이 버둥거리기 시작했다.

나도 이 보물을 불태울 생각은 없지만 이 녀석들이 반응이 너무 재미있어서 몇 번 놀려봤다. 그러자 결국 상대방이 먼저 굴복했다.

"알았다! 이야기해주마! 이야기하면 될 거 아냐! 저 방 오른편 구석의 선반은 옆으로 슬라이드가 되거든. 그 선반 뒤편의 방에 구슬을 두는 곳이 있다."

"그런 방이 있는 줄은 몰랐―."

"어어어엇! 두목, 거기에 가져다둔 거예요?!"

부하 중 한 명이 눈을 치켜뜨고 깜짝 놀란 표정을 지었다.

왜 이 녀석이 가장 놀라는 걸까.

"두목, 그 방에 붙어있던 종이를 안 본 거예요?! 그 구슬을 거기 가져다두면 안 된다고 적혀 있었잖아요! 소형 모형이 작동된다고 적혀 있었다고요!"

"앗."

두목은 깜짝 놀라며 부하를 쳐다보았다.

거짓말이나 농담을 하는 것 같지는 않았다.

"어이, 거기에 뭐라고 적혀 있었는지 가르쳐줘. 너희가 그러니까 신경쓰이…… 어?!"

땅울림 같은 소리가 들리더니 발밑이 격렬하게 흔들리기

시작했다.

처음에는 가볍게 좌우로 흔들렸지만 지금은 서 있는 것도 힘들 지경이었다.

"뭐, 뭐, 뭐야?! 무슨 일이 일어난 거지?!"

"역시 구슬을 거기 가져다두면 안 됐던 거예요! 빨간색 글자로 적혀 있었잖아요!"

"그, 그건 그렇지만……!"

땅이 흔들릴 뿐만 아니라 금방이라도 무너질 것처럼 벽과 천장에 금이 가고 있었다. 그러나 린 일행은 멍하니 그 광경을 쳐다보며 꼼짝도 하지 않았다.

"어이, 도망치자! 빨리 일어나!"

"에이~, 귀찮아~."

"멍청아, 죽고 싶어?! 하아, 젠장! 꼼짝도 안 하네!"

이 붕괴 속도로 볼 때, 내가 혼자서 이 녀석들을 둘러업고 도망쳐봤자 제때에 도망치지는 못할 것이다!

이렇게 되면 방법은 하나뿐이다.

"어이, 로프를 풀어줄 테니까, 이 녀석들을 들고 도망쳐. 이대로 있다간 우리 모두 생매장을 당할 거라고!"

"""좋아!"""

너무 힘차게 대답을 하니 거꾸로 불안하지만 이 녀석들이라면 목숨을 걸고 여자애들을 지켜줄 것이다.

"나는 핑크머리 로리를 맡겠다!"

"두목, 약았어요! 나도 그 애를 업고 싶다고요!"

"그럼 저는 포니테일 여자애를 업을게요."

그들은 누가 누구를 업을지를 가지고 다퉜으나 누구도 융융을 맡으려고 하지 않았다.

어이, 융융이 울먹거리고 있잖아. 누가 융융을 선택하라고. 외모 가지고 차별하지 마!

결국 로리 서큐버스를 두목이, 린을 부하 두 명이 옮기기로 했다.

필연적으로 남은 융융은 내가 맡게 됐다.

"으으, 저는 떨이 상품이에요……."

등 뒤에서 울음소리가 들렸지만 나는 깔끔하게 무시하고 던전을 내달렸다.

다른 녀석들이 발이 느리지 않을까 걱정됐으나 비정상적일 만큼 빠른 속도로 나보다 앞장서서 뛰고 있었다. 로리 서큐버스와 린을 옮겨야 한다는 사명감 때문에 평소 이상의 속도를 내고 있는 걸까…….

어찌어찌 던전 밖으로 뛰쳐나간 순간, 천장에서 떨어진 암석이 입구를 막아버렸다.

나를 비롯한 남성들은 지친 탓에 비명조차 지르지 못하고 그대로 지면에 몸을 내던졌다.

그 녀석들은 이런 상황에서도 여자애들이 다치지 않도록 조심조심 바닥에 내려놓고 있었다.

"흐, 흑, 저만 왜 이런 대접을 받아야 하는 거죠……."

"하아, 하아, 모, 목숨을 건진 것만으로도 다행, 이라고, 생각해……."

내팽개쳐진 융융이 비난 섞인 눈길로 나를 쳐다봤지만 나는 거칠어진 숨을 가다듬으면서 그렇게 대답했다.

범죄자인 3인조도 전력을 다한 건지, 지면에 벌러덩 드러누운 채 공허한 눈길로 하늘을 올려다보고 있었다.

5

땅울림이 가라앉자 여자애들은 상반신을 일으키고 나를 지그시 쳐다보았다.

"으음~. 어라. 왜 지상으로 돌아온 거야?"

"하암~. 잠 한 번 잘 잤네요."

"아까보다는 몸이 덜 나른한 것 같네요. 어쩌면 내던져진 탓일지도 몰라요……."

꽤 기운을 되찾은 것 같네.

그녀들은 막 잠에서 깨어난 것처럼 기지개를 켰다.

그게 부서지니까 잃어버렸던 의욕이 되돌아온 걸지도 몰라.

"아까 그 흔들림은 뭐지?"

"여어~. 더스트, 이 녀석들은 누구야?"

테일러와 키스가 우리를 향해 태연히 걸어왔다.

이 녀석들도 원래대로 되돌아왔구나. 역시 던전이 붕괴되면서 구슬이 부서진 덕분에 몸이 회복된 것 같았다.

"하아, 되게 무사태평하네. 이 몸에게 감사하라고. 바로 내 덕분에 너희가 원래대로 되돌아온 거란 말이다."

동료들이 멀쩡해진 걸 보니, 액셀 마을에 있는 사람들도 시간이 지나면 원래대로 되돌아올 것이다.

이걸로 이 사태는 해결된 건가. 그 방에 남아있던 책을 꺼내지 못한 건 정말 아쉽지만……

"몸이 가벼워진 걸 보면, 뭐가 어떻게 된 건지는 몰라도 일단 해결이 되긴 했나 보네. 그럼 돌아가자."

린의 말에 따라 다 같이 돌아갈 준비를 하고 있을 때 또 발밑이 흔들렸다.

불길한 예감, 아니 확신이 든 내가 붕괴된 던전 입구를 머뭇머뭇 돌아본 바로 그 순간, 입구를 막고 있던 바위가 팅겨져 날아갔다!

"꺄아아아앗!"

"로리는 우리가 지킨다! 크어억!"

이쪽으로 날아온 바위의 파편을 자기 몸을 방패삼아 막아낸 3인조가 그대로 지면에 쓰러졌다.

"왠지 대단한걸. 저렇게까지 하다니, 칭찬을 할 수밖에 없잖아. 아, 지금은 그럴 때가 아니지! 뭔가 깨어난 것 같아!"

자욱하던 흙먼지가 가라앉자 던전 입구였던 장소에서 다리가 여덟 개인 거대한 거미 같은 형태의 무언가가 튀어나왔다.

크기는 내 키의 두 배 정도에 불과하지만 저 겉모습은—.

"커다란 거미 같아 보이는데, 대체 저게 뭐죠?!"

"저, 저게 뭔가요?! 어, 그러고 보니 전에 의뢰서에서 본 적이 있는 것 같아요."

로리 서큐버스와 융융은 고개를 갸웃거렸지만 우리는 한 눈에 알아봤다.

그리고 저것의 정체를 눈치챈 순간, 온몸에서 식은땀이 뿜어져 나왔다.

"나, 저게 눈에 익어. 그것보다 훨씬 작긴 하지만……."

"이런 우연도 다 있네. 나도 저걸 본 적이 있는 것 같아……."

"아~. 역시 기분 탓이 아니구나……."

"카즈마네 파티와 함께 해치웠던 그 디스트로이어와 똑같이 생긴 것 같은데……."

동료들은 내가 중얼거린 말을 듣더니 일제히 고개를 끄덕였다.

그 말을 들은 융융과 로리 서큐버스의 얼굴에서 핏기가 사라졌다.

저 녀석들도 아는구나. 역시 디스트로이어의 지명도는 끝내주는걸.

"디, 디, 디, 디스트로이어라면, 그거 맞죠?! 철컹 철컹 소리를 내면서 움직이며 마을을 궤멸시키고, 거액의 현상금이

걸려있는 데다, 메구밍이 자기 파티가 파괴했다고 엄청 자랑을 해댔던, 바로 그거죠?!"

융융은 내 멱살을 잡고 흔들어대면서 그렇게 외쳤다.

이 녀석이 방금 말했다시피, 저건 초대형 골렘인 기동요새 디스트로이어를 쏙 빼닮았다. 크기는 꽤나 소형화되었지만 그래도 박력은 어마어마했다.

"왜, 왜! 이런 곳에 소형 디스트로이어가 있는 거야?! 혹시 새끼일까?!"

"진정해, 린! 골렘은 새끼 같은 건 안 낳는다고!"

우리가 이렇게 당황한 사이, 소형 디스트로이어는 던전의 파편을 밀쳐낸 뒤 자신의 모습을 완전히 드러냈다.

유심히 보니 소형 디스트로이어의 머리 부분에는 붉은색으로 빛나는 눈이 여러 개 달려 있고 그 중 하나는 바로 예의 구슬이었다.

혹시 이 녀석이 가동됐기 때문에 의욕을 빨아들이지 않게 된 것일까?

"이 녀석이 액셀 마을로 향하기라도 했다간 큰일이 날 거야! 너희처럼 의욕을 되찾았다면 다행이지만 아직 기운을 찾지 못한 상태라면 일방적으로 유린을 당하고 말 거라고! 이 자리에서 박살을 내버리는 수밖에 없어! 알았지?!"

이 모든 일이 나 때문에 벌어졌다는 사실이 알려진다면 큰일이다.

이 자리에서 완전히 증거인멸을 해주겠어!

"맞아. 잘은 모르겠지만 이곳을 탐색한 사람은 우리니까 우리가 끝까지 책임지자."

"단단히 각오하는 수밖에 없나. 방어라면 나한테 맡겨!"

"어쩔 수 없지! 히드라 퇴치 때의 요령으로 가보자. 활에 로프를 걸고 쏴서 저 녀석의 움직임을 봉쇄하겠어."

동료들은 내 의견에 찬성해줬다.

다들 미소를 짓고 있지만 표정이 딱딱했다. 아마 나도 마찬가지겠지.

"저, 저도 함께 싸우겠어요! 저걸 해치운다면, 메구밍이 저한테 디스트로이어를 파괴한 걸 자랑하지 못할 테니까요! 오히려 제가 메구밍한테 자랑할 거예요!"

융융은 의욕이 샘솟는 것 같았다.

홍마족의 마을에서 제일가는 실력을 선보여 달라고…….

마지막으로 남은 로리 서큐버스는 쓰러져 있는 3인조에게 다가가서 뭔가를 하고 있었다.

그러자 3인조가 벌떡 일어서더니 로리 서큐버스를 향해 무릎을 꿇었다.

"뭐든 시켜만 주십시오!"

"무슨 짓을 한 거야. 로리 서큐…… 로리사."

"이 사람들이 소망하는 꿈을 중간까지만 보여준 후, 끝까지 보고 싶으면 도와달라고 부탁했어요."

그렇게 말하고 혀를 날름거리는 모습은 귀엽다기보다 마성의 여자 같아 보였다.

처음으로 이 녀석이 어엿한 서큐버스라는 생각이 들었어.

"약점은 빛나지 않는 눈알이야! 저것만 박살내면 움직임을 봉쇄할 수 있어! 다들 마음 단단히 먹으라고! 우랴아아아앗!"

"좋았어~! 나만 믿어!"

키스가 재빨리 활을 겨누더니 상대의 몸에 로프를 걸기 위해 화살을 쐈다.

그러자 노리던 대로 로프가 걸렸고 3인조가 그 로프를 필사적으로 잡아당겼다.

"힘내세요! 가장 활약한 사람한테는 꿈속에 등장하는 어린 여자애를 한 명 더 늘려드릴게요!"

"""우오오오오오!!"""

저 녀석들이 가장 의욕을 내고 있는 것 같네.

버둥거리며 저항하고 있는 소형 디스트로이어의 다리가 마법을 영창 중인 린을 향했다.

"그렇게는 안 돼애애앳!"

다리와 린 사이에 끼어든 테일러가 방패로 그 다리를 어찌어찌 막아냈다.

"최대한 노력해보겠지만 오래 버티지는 못할 것 같아!"

"저도 질 수야 없죠! 『라이트 오브 세이버』!!"

융융의 손에서 뿜어져 나온 빛의 검이 여덟 개의 다리 중 두 개를 잘라버렸다.

나는 지면에 굴러다니던 3인조 중 두목의 창을 주워든 후 소형 디스트로이어를 향해 돌진했다.

남은 다리 중 세 개가 나를 향해 날아왔지만 로프에 묶인 상태에서 날린 공격에 내가 맞을 것 같아?

창을 쓸 때의 발놀림과 몸놀림을 내 몸은 여전히 기억하고 있었다.

나는 디스트로이어의 공격을 전부 피한 후 단숨에 쇄도했다.

그리고 로프에 손을 걸친 뒤 소형 디스트로이어의 몸 위로 잽싸게 올라갔다.

히드라와 싸울 때는 방심했지만 같은 실수를 반복할 수야 없지!

나는 여러 개의 눈 중에서 빛이 나지 않는 것을 발견하고 있는 힘껏 몸을 날렸다.

"우랴아아앗, 저세상에 가버려어어어엇!"

모든 체중을 실어 내지른 창끝이 그 구슬을 꿰뚫었다. 그런 상황에서도 소형 디스트로이어가 저항하듯 버둥거리자 나는 린을 향해 고함을 질렀다.

"이 창을 향해 마법을 날려!"

"알았어! 나한테 맡겨!『라이트닝』!!"

린의 손에서 번개가 뿜어져 나온 순간, 나는 로프를 잡고 미끄러지며 소형 디스트로이어에게서 떨어졌다.

그리고 지면에 착지한 순간, 등 뒤에서 발생한 폭발음과 폭풍에 휘말려 지면을 구른 나는 인근 숲의 나무 밑동에 부딪쳤다.

그리고 위아래가 반대로 보이는 내 시야에 몸통이 박살나서 다리만 남은 소형 디스트로이어의 모습이 들어왔다.

"폼 좀 잡을 거면 마무리까지 깔끔하게 하면 덧나기라도 해?"

"맞아요. 도중까지는 홍마족의 심금을 울릴 정도로 멋졌는데 말이에요."

"하지만 그편이 더스트 씨답기는 해요."

여자애들은 나를 걱정하는 건 고사하고 자기 할 말만 늘어놓고 있었다.

나는 불평이라도 한 마디 해주고 싶었지만 그것보다 중요한 점을 떠올렸다.

"어이, 너희들. 이쪽으로 좀 와봐. 한 세 걸음 정도만 더 다가오면 돼."

그녀들이 조금만 더 다가와주면, 이 위치에서 저 애들의 치마 안을 훔쳐볼 수 있다.

린은 핫팬츠를 입어서 안 보이겠지만 다른 두 사람의 팬티라면 분명 훤히 보일 것이다.

내가 그렇게 말하자 그녀들은 신발 밑창으로 내 얼굴을 자근자근 짓밟았다.

에필로그

1

"비공식적인 일이라 상금을 많이 드릴 수는 없지만 미연에 위기를 막아낸 공을 높이 사서 이 상금을 드립니다. 수고 많으셨어요."

루나는 만면에 미소를 지으며 금화가 가득 들어있는 자루를 나에게 건넸다.

의뢰도 아니고, 현상금이 걸려 있었던 것도 아닌데 그 자루는 꽤 무거웠다. 문제가 될 만한 부분을 찢어버린 일기와 함께 제출한, 소형 디스트로이어의 다리를 보고 판단을 내렸다고 한다.

이 정도 금액이면 전원이 나눠 가지더라도 상당한 금액일 것이다. 빚을 갚은 후에도 돈이 꽤 남을 것 같았다.

"내가 없는 동안 재미있는 일이 벌어졌었나 보네."

"어라, 카즈마잖아. 딱히 재미있지는 않았지만 이런저런 일이 일어나긴 했어."

왕도에 다녀왔다는 카즈마 일행이 앉아있는 자리에 우리

도 합석했다.

"저기, 메구밍? 실은 나도 디스트로이어를 해치웠어~."

"흥, 어이없는 농담이군요. 외톨이 생활이 너무 길었던 나머지 망상과 현실을 구별하지 못하게 된 건가요?"

"망상이 아니거든?! 진짜로 해치웠어! 그뿐만이 아니라 데이트도 했어! 이 봉제인형은 남자한테 선물 받은 거야! 어때? 대단하지? 저, 저기, 내 말 좀 들어봐!"

폭렬걸과 외톨이가 다투는 것 같은데 내버려두기로 할까.

그러고 보니 로리 서큐버스 몫의 상금도 챙겨줘야겠다. 그 3인조는 이미 충분한 포상을 받았다면서 상금은 거절했다.

오늘 밤, 그들에게는 그야말로 꿈만 같은 세계가 기다리고 있겠지.

"무슨 일이 있었는지 가르쳐달라고. 참, 상금 받았지? 그럼 오늘은…… 어이! 오늘은 더스트가 한 턱 쏜다네!"

"이거 신기한 일도 다 있는걸. 내일은 하늘에서 검과 창과 마법이 쏟아지는 거 아냐?"

"지금까지 민폐 끼친 걸 사과하는 의미에서 사는 건가 본데, 코가 삐뚤어지도록 마셔주자고!"

"맞아. 지금까지 성희롱 당한 걸 생각하면 이 정도면 싼 거야!"

카즈마가 괜한 소리를 한 바람에 길드 안에 있던 모험가들이 일제히 주문을 시작했다.

"어, 어이! 나는 그런 소리를 뻥긋도……"

나는 부질없는 저항을 도모해봤지만 아무도 내 말에 귀를 기울이지 않았다.

카즈마는 의기양양한 표정을 짓고 나를 쳐다보았다.

친구한테서 수도 없이 술을 얻어먹은 대가를 이렇게 치르게 된 건가.

"포기해. 조금은 보태줄게."

"뭐, 때로는 내가 한 잔 사는 것도 나쁘지 않지."

"남의 돈으로 마시는 술이 가장 맛있지만 오늘은 한 턱 쏴볼까."

린을 비롯한 내 동료들도 보태준다니까, 내 지갑이 받는 타격도 그렇게 심하지는 않을 것이다.

게다가 나는 이 녀석들한테서 시시콜콜 돈을 빌렸을 뿐만 아니라, 같이 바보짓도 해대잖아.

"좋아! 이 몸이 한 턱 쏘겠어! 다들, 코가 삐뚤어지도록 마시라고!"

2

밤이 깊었는데도 연회는 계속 이어졌다.

카즈마네 프리스트가 장기인 개인기를 선보이자 환성과 찬사의 박수가 터져 나왔다.

메구밍과 융융은 술을 마시려다 카즈마와 다크니스에게 제지당했다. 카즈마는 매사에 대충대충인 것 같지만 룰이나 규율은 철저하게 지킨다니깐.

나는 이 소란에서 도망치듯 길드 밖으로 나갔지만 아직 길드 안은 시끌벅적했다.

밤하늘을 올려다보니 별들이 반짝이고 있었다.

"하늘인가……."

밤인데도 새가 하늘을 날고 있었다. 한순간 옛날 생각이 난 나는 불쑥 입을 열었다.

"왜 그렇게 풀이 죽어있는 거야? 하나도 안 어울리거든~?"

완전히 술에 취한 린이 내 어깨에 손을 얹고 술주정을 했다.

술 냄새가 섞인 숨결이 볼에 닿았기에 인상을 찡그리며 린을 쳐다보니 그녀는 히죽히죽 웃고 있었다.

"기분이 꽤 좋아 보이네."

"그야 다들 무사히 원래대로 되돌아왔잖아. 기분이 나쁠 리가 없지 않아?"

"그래?"

"그것보다~, 전부터 좀 신경 쓰인 건데 말이야. 혹시 우리한테 숨기고 있는 거 없어?"

히죽거리고 있던 린의 표정이 갑자기 진지해졌다.

나는 약간 동요할 뻔했지만 어찌어찌 태연한 척하고 대꾸했다.

"무슨 소리야? 혹시 돈이 없을 때 네 속옷을 훔쳐서 판 걸 말하는 거야?"

"좋아~, 무릎 꿇고 고개를 쑥 내밀어~! 이 자리에서 확 저승으로 보내주겠어!"

얼굴이 새빨개진 린이 마법을 영창하려 했으나 술에 취한 탓에 혀가 잘 돌아가지 않는 것 같았다.

술기운 때문에 휘청거리는 린을 부축해주었고 그녀는 나를 노려보았다.

"고민 같은 건 너한테 안 어울려~. 우리는 동료니까, 고민이 있으면 이야기하란 말이야아~."

그렇게 촉촉한 눈길로 쳐다보면 쓸데없는 것까지 이야기할 것만 같다고……

나는 시선을 피하듯, 다시 밤하늘을 올려다보았다.

이 녀석한테는 이야기해도 괜찮을지 몰라.

"실은……."

"쿠울~."

곤한 숨소리가 들렸다.

린의 입가에서 흘러내린 침이 내 어깨를 적셨다.

"거, 되게 더럽네. 하아, 이 타이밍에 잠드는 건 좀 너무하지 않아?"

나는 린을 업은 후 길드 안으로 다시 들어갔다.

조용한 곳에서 잠을 자는 것보다, 시끌벅적하게 떠드는

저 녀석들 곁에서 자는 편이 더 좋은 꿈을 꿀 것 같다는 생각이 든 것이다.

■작가 후기

안녕하십니까. 히루쿠마입니다. 설마 2권이 나올 줄은 몰랐습니다.

이 책은 1권을 읽고 마음에 드신 분이 구입……하신 거죠? 설마 2권부터 읽는 독특한 분은 적을 거라고 생각합니다만 일단 자기소개를 할까 합니다.

전작에 이어 스핀오프 작품을 계속 담당하고 있는 히루쿠마라고 합니다. 앞으로 잘 부탁드립니다.

이 작품의 내용을 약간 언급하자면 더스트가 멋대로 난리를 칩니다. 예. 더스트답게 자유롭게 인생을 구가하고 있죠.

1권보다 더스트의 동료들에게 초점을 맞췄고 키스와 테일러의 비중도 늘렸습니다.

뭐, 가장 비중이 늘어난 사람은 융융이지만 말이죠.

전작에서 호평이었던 린과 로리 서큐버스도 활약하고 있으니 안심해 주십시오. 더스트와 사이가 좋은 여성들에게는 여러모로 노력을 강요하고 있습니다. ……그리고 보니, 이번 권은 물과 온천의 도시 아르칸레티아에서의 이야기도 다루고 있군요~.

아쿠시즈 교단의 총본산에 더스트를 풀어놓으면 어떤 일이 벌어질 것인가. 생각만 해도 재미있지 않습니까? 게다가 크리스와 바닐까지 동행시키면……. 관심이 있는 분은 본편을 읽어 주셨으면 합니다. 그리고 이번 권에는 개그 요소를 많이 담아봤는데 어떠셨는지요. 『이멋세』의 스핀오프를 집필할 때 가장 어려운 점은 바로 개그죠. 언젠가 아카츠키 나츠메 선생님의 센스를 따라잡고 싶습니다.

후기 분량도 절반 이상 채웠으니, 이쯤에서 많은 분들에게 감사 인사 및 사과를 드릴까 합니다.

우선 아카츠키 나츠메 선생님. 합동 인터뷰와 그 후의 술자리에서 이야기를 나눌 수 있어 정말 영광이었습니다. 전작에 이어 이번 권도 잘 부탁드립니다! 역시 더스트는 매력적이군요.

미시마 쿠로네 선생님의 사랑스러운 캐릭터를 머릿속에 떠올리며 이번 권도 썼습니다. 린의 삽화가 없었다면 1권을 쓰면서 더 고전했을 거라고 생각합니다.

유우키 하구레 선생님. 이번 권에서도 신세 많이 졌습니다. 로리 서큐버스와 린은 최고였습니다. 이야, 1권에 실린 린의 미소와 로리 서큐버스의 꼭 눌린 가슴, 그리고 그 자세……. 잘 감상했습니다!

스니커 문고 편집부 여러분. 담당 편집자이신 M씨. 이 책의 발간에 관여해주신 모든 분들에게 진심으로 감사드립니다.

그리고 독자 여러분. 여러분이 1권을 구매해주신 덕분에

2권이 나올 수 있었습니다. 정말 감사합니다! 이번 권도 잘 부탁드립니다!

히루쿠마

입은 험하지만 실은
동료들을 아끼는
더스트 씨의 일면이 드러나는
이야기라 참 좋았습니다.
역시 혼욕은
남자의 로망이죠!

유우키 하구레

『저'어리석은 자에게도 각광을!』 제2권,
발매 축하드립니다.
본편에서는 많이 다루지 못한
캐릭터들의 활약을
이'작품에서'더욱 볼'수 있기를
기대하고 있습니다!

아카츠키 나츠메

외전 2권 발매를 축하드립니다~!
본편에서 많이'나오지 않은 캐릭터들의
이런 모습과 저런 모습을 외전을 통해
접할 수 있어 정말 기쁩니다.
이번 권 표지의 응용도
잘 감상했습니다…!

미시마 쿠로네

■ 역자 후기

안녕하십니까. 근로청년 번역가 이승원입니다.

『저 어리석은 자에게도 각광을!』 2권을 구매해주셔서 진심으로 감사드립니다.

11월이 되니 날씨가 꽤나 쌀쌀해졌습니다. 10월 중순에도 반팔 티셔츠를 자주 입었는데, 며칠 사이에 날씨가 엄청 추워졌네요.

날씨가 더 추워지기 전에 독감 주사를 맞아야 할 것 같군요.

작년에 독감 주사를 안 맞았더니 겨울에 고생을 했었습니다. 올해는 본격적으로 독감이 유행하기 전에 주사를 꼭! 맞을 생각입니다.

독자 여러분도 감기 조심하시길!

그럼 본편에 관한 이야기를 해볼까 합니다.

스포일러가 포함되어 있을 수도 있으니 본편을 읽지 않으신 분들은 유의해주시길!

이번 권은 더스트 일행이 아르칸레티아로 여행을 가는 이야기입니다. 더스트 더하기 아르칸레티아……. 우와, 진짜

무시무시한 조합이군요. 그야말로 핵융합이 발생할 듯한 조합입니다.

더스트 vs 아쿠시즈 교단! 게다가 바닐 & 크리스도 참전! ……너무 호화 캐스팅이라 손발이 덜덜 떨릴 지경입니다. 그리고 본편의 내용은…… 저의 기대를 저버리지 않는군요.

혼욕이라는 잽으로 탐색전을 벌이다, 에리스 교도의 핍박이라는 훅으로 대미지를 준 후, 바닐과 더스트의 합작 사기극이라는 카운터로 KO승을 거둬버리더군요.

그렇게 이야기가 끝나나 했더니 돌아온 디스트로이어 개발자의 암약(?)이 폭로되면서 묵직한 카운터가 한 방 더 꽂혀 버렸습니다. 카즈마와 다른 인간말종 매력(^^)을 유감없이 드러내는 더스트의 행보를 독자 여러분도 즐겨주십시오!

그럼 이만 줄이겠습니다.

『이멋세』의 스핀오프를 저에게 맡겨주신 L노벨 편집부 여러분. 감사합니다. 앞으로도 잘 부탁드립니다.

양꼬치집에서 토마토 달걀탕을 시켰다고 타박을 준 악우여. 국물 먹고 싶어서 시켰는데, 왜 그러는 거냐고! 물론 토마토 주스를 끓인 다음 달걀 풀어놓은 맛이라는 평에는 동의한다만…… 그, 그래도 타박은 너무하잖아.ㅠㅜ

마지막으로 언제나 제게 버팀목이 되어주시는 어머니와 『저 어리석은 자에게도 각광을!』을 읽어주신 모든 분들에게 진심으로 감사드립니다.

비행청소년(?)이 되어버린 모 공주님과 더스트의 이야기가 그려지는『저 어리석은 자에게도 각광을!』3권의 역자 후기 코너에서 다시 뵙겠습니다!

2018년 10월 말

역자 이승원 올림

저 어리석은 자에게도 각광을! 2
머나먼 하렘의 저편에

1판 1쇄 발행 2018년 12월 10일
1판 2쇄 발행 2019년 4월 12일

지은이_ Hirukuma
일러스트_ Hagure Yuuki
원작_ Natsume Akatsuki
캐릭터원안_ Kurone Mishima
옮긴이_ 이승원

발행인_ 신현호
편집국장_ 김은주
편집진행_ 최은진 · 김기준 · 김승신 · 원현선 · 권세라
편집디자인_ 양우연
국제업무_ 정아라
관리 · 영업_ 김빈원 · 조인희

펴낸곳_ (주)디앤씨미디어
등록_ 2002년 4월 25일 제20-260호
주소_ 서울시 구로구 디지털로 26길 111 JnK디지털타워 503호
전화_ 02-333-2513(대표)
팩시밀리_ 02-333-2514
이메일_ lnovelpiya@naver.com
ㄴ노벨 공식 카페_ http://cafe.naver.com/lnovel11

KONOSUBARASHI SEKAI NI SHUKUFUKU WO! EXTRA ANO OROKAMONO NIMO
KYAKKO WO! Vol.2 TOI HAREM NO MUKOU NI
©2017 Hirukuma, Hagure Yuuki, Natsume Akatsuki, Kurone Mishima
First published in Japan in 2017 by KADOKAWA CORPORATION, Tokyo.
Korean translation rights arranged with KADOKAWA CORPORATION, Tokyo.

ISBN 979-11-278-4789-0 04830
ISBN 979-11-278-4526-1 (세트)

값 7,000원